A ESPADA DE HEROBRINE

Jim Anotsu

A ESPADA DE HEROBRINE

Uma aventura não oficial de Minecraft

nemo

GERENTE EDITORIAL
Arnaud Vin

EDITORES ASSISTENTES
Carol Christo
Eduardo Soares

REVISÃO
Renata Silveira

CAPA
Carol Oliveira (sobre ilustração de Victória Queiroz/VicTycoon)

DIAGRAMAÇÃO
Guilherme Fagundes

Dados Internacionais de Catalogação na Publicação (CIP)
(Câmara Brasileira do Livro, SP, Brasil)

Anotsu, Jim
A Espada de Herobrine: Uma aventura não oficial de Minecraft / Jim Anotsu. -- 1. ed. -- São Paulo : Nemo, 2015.

ISBN 978-85-8286-260-5

1. Ficção juvenil I. Título.

15-09700 CDD-028.5

Índices para catálogo sistemático:
1. Ficção : Literatura juvenil 028.5

A **NEMO** É UMA EDITORA DO **GRUPO AUTÊNTICA**

São Paulo
Av. Paulista, 2.073, Conjunto Nacional,
Horsa I, 23° andar, Conj. 2301
Cerqueira César . 01311-940
São Paulo . SP
Tel.: (55 11) 3034 4468

Belo Horizonte
Rua Aimorés, 981, 8° andar
Funcionários . 30140-071
Belo Horizonte . MG
Tel.: (55 31) 3214 5700

Rio de Janeiro
Rua Debret, 23, sala 401
Centro . 20030-080
Rio de Janeiro . RJ
Tel.: (55 21) 3179 1975

Televendas: 0800 283 13 22
www.editoranemo.com.br

Para os perdedores.

Essa é uma guerra fria
É melhor você saber pelo que está lutando,
Essa é uma guerra fria
Você sabe pelo que está lutando?

— *Janelle Monáe*, "Cold War"

CAPÍTULO 1
ZEROS & UNS

Arthur não estava disposto a muita coisa naquela noite. Talvez fosse continuar a assistir *Bleach* ou a ler a última edição de *Homem-Aranha*, afinal Miles Morales era sempre uma boa companhia. Definitivamente, em toda e qualquer circunstância, não estava disposto a jogar Minecraft ou a cuidar da sua irmã mais nova — duas coisas que soavam indecentes para um garoto de 15 anos. O destino, contudo, gosta de fazer o oposto do que desejamos só pelo prazer de nos contrariar.

Tudo parecia normal: seus pais tinham saído para algum evento chato e sua irmã monopolizava o computador da sala com aquele jogo idiota de blocos. Não que odiasse jogos — pelo contrário, conhecia cada detalhe de Assassin's Creed, Metal Gear Solid e Halo —, mas não entendia o apelo de algo com gráficos tão simples e quadrados.

— Estou com fome — Mallu reclamou pela milésima vez. — Mamãe disse que você faria o jantar hoje.

Arthur desviou os olhos da televisão.

— Você tem duas mãos — respondeu. Sua voz personificava o tipo de delicadeza particular que só existe entre irmãos. — Pode muito bem parar um segundo e fazer a própria comida. É minha vez de usar o computador.

Mallu era uma garota magricela, de cabelo crespo grande e encaracolado, pele cor de caramelo como o irmão e, na opinião de Arthur, com todos os defeitos da raça humana, sendo o pior deles sua idade: 14 anos de incômodo puro e simples. O pior de tudo era quando ela usava aqueles gigantescos olhos castanhos e a "voz da chantagem":

— Se você não fizer o jantar, vou contar tudo pra mamãe e você vai ficar de castigo pelo resto da sua vida.

— Eu te odeio.

— Eu não ligo.

Arthur jogou o controle no sofá e foi até a cozinha. Era sempre assim, seus pais o obrigavam a ser praticamente um escravo da irmã quando eles não estavam em casa, com adicional de castigos se ela reclamasse de alguma coisa. "O Arthur não fez comida, ele me bateu, ele me xingou, ele fez isso e aquilo." A lista era tão grande que poderia ocupar mil páginas, nem todas preenchidas com verdades. Não era como se os dois realmente se odiassem ou coisa do tipo; até conseguiam ser afetuosos em datas comemorativas e anos bissextos — desde que ninguém estivesse olhando. Mas devia existir alguma lei no universo que impedia irmãs mais novas de serem legais — e, se por acaso essa lei não existia, pensou Arthur, alguém certamente precisava escrevê-la na constituição do cosmos.

— Que raiva... — murmurou.

Foi até o armário procurar uma faca. Sua única habilidade culinária se resumia a pão com ovo e queijo — refeição da qual a irmã não reclamava, pois não precisava parar de jogar para comer. Imaginou o que aconteceria se ela ficasse sem jogar por um dia, apenas um dia. Cairia no chão com espasmos? Ou se jogaria num canto, incapaz de falar ou comer? Uma pergunta tão válida quanto qualquer outra, ele concluiu.

Abriu a gaveta e surpreendeu-se com o que encontrou por lá. Dentre todas as coisas possíveis e impossíveis de serem imaginadas (pelo menos no que se refere a uma gaveta de cozinha), lá estava um disquete cinza. "Minecraft 001", estava escrito numa etiqueta vermelha. Não havia dúvidas sobre quem era a proprietária. A única pessoa da casa que largava todas as suas coisas espalhadas, e a única que jogava Minecraft. Pegou o disquete e voltou para a sala — desta vez ela não poderia negar aquilo ou colocar a culpa nele.

— Ei, múmia — chamou, um toque de convicção na voz. — Não está sentindo falta de alguma coisa?

A garota não respondeu, apenas continuou a quebrar blocos no jogo. Estava em alguma espécie de caverna com trilhos no chão.

— Estou falando com você.

— E eu não estou ouvindo porque estou ocupada, Arthur — foi a resposta dela.

Ele suspirou.

— Você deixou seu jogo idiota numa gaveta da cozinha. Com mil lugares pela casa e você escolhe o pior deles.

Foi a primeira vez desde o início da conversa que ela se virou para olhá-lo. Tinha uma expressão confusa, como se Arthur tivesse acabado de falar algo impossível.

— Não deixei nada na cozinha — disse ela. — Nadinha de nada.

— Você quer dizer que estou imaginando o que está na minha mão?

Mallu olhou para o disquete que ele sacudia entre o indicador e o polegar, o cenho franzido, e Arthur quase acreditou na expressão incrédula.

Quase.

— Alguma coisa em sua defesa?

Ela se levantou e pegou o quadrado de plástico como um arqueólogo pega seu mais novo fóssil. Arthur estava certo de que ela procurava alguma desculpa ou alguma forma de não dar a mínima para suas responsabilidades e voltar para o mundo de blocos. Por fim, ela colocou o disquete sobre a mesa do computador e disse:

— A única coisa a dizer é que você não sabe de nada — ela sorria como se estivesse vendo algo muito engraçado. — Se fosse mais inteligente, teria notado que a letra é do papai. Outro detalhe: eu jogo Minecraft on-line com meus amigos da internet. E em terceiro lugar: cara, disquetes são velhos, ninguém mais usa isso.

Arthur ficou em silêncio, atordoado por não ter conectado aqueles detalhes. Estava tão ansioso para pegar a irmã fazendo alguma coisa errada, que nem prestou atenção no resto. De fato, Minecraft não era velho o suficiente para existir em disquete. Contudo, não conseguia imaginar o motivo de seu *pai* ter alguma coisa a ver com aquele jogo.

A dúvida devia estar aparente na sua cara, pois a irmã foi logo dizendo:

— A não ser que papai queira esconder algum segredo — um sorriso mal-intencionado surgiu no rosto dela. — Acho que ele não vai ligar se a gente der uma olhada, principalmente se nem ficar sabendo.

Arthur estalou os dedos como fazia sempre que estava nervoso. Uma das regras principais de sua família era a de que nunca deveriam tocar naquilo que é do outro. Arthur deixou que um pouco do bom senso que existia dentro dele respondesse sobre a sugestão da irmã:

— Acho que deveríamos colocar de volta na gaveta e esquecer tudo.

— Você pode fazer isso — disse a garota. — Minha curiosidade é grande demais para ser esquecida. E se ele descobrir… bem, aí eu culpo você.

— Você não sente vergonha de ser assim?

— Não — disse ela. — Por que garotos são tão frágeis?

Aquela ameaça veio em tom de brincadeira, mas Arthur sabia que se alguma coisa desse errado, ela *realmente* faria aquilo. Bem, pensou, se iria levar a culpa de qualquer jeito, era melhor que soubesse pelo que estava sendo culpado.

Empurrou a irmã para o lado e sentou-se com ela, o disquete já sendo engolido pela CPU.

CAPÍTULO 2

A MENSAGEM

01010110011011110110001111010100
01000000110101011100001001000001
11011001101001011101010010000011
011110010000001001000011001010111
001001101111011000100111001001101
001011011100110010100111111001000
0001000101011011010010000000111001
1011101010110000100100000001100011
0110000101110011011000010010000000
1101110011011110010000000100111001
100101011101000110100001100101011
1001000101100001000000011011110010
000001101101011011110111001001110
1000110111100100000001001000011001
010111001001101111011000100111001
001101001011011100110010100100000
0110000101100111011101010110000101
11001001100100011000010010000000111
0011011011110110111001101000011000
0101101110011001000110111100101110

CAPÍTULO 3
CONVERSAS DIGITAIS

Tela azul. Zero. Um. Zero. Um. Números brancos preenchiam a tela... apenas números. Arthur e Mallu se entreolharam. Talvez tivessem destruído o computador com alguma espécie de supervírus. Mais alguns rangidos, como se a CPU tentasse processar mais do que podia, e alguns estalos vieram depois.

— Desliga isso! — gritou Arthur. — Desliga isso *agora*!

Mais números e ruídos.

— Estou tentando, estou tentando! — respondeu a garota, apertando repetidamente o botão de desligar.

Nada aconteceu, os números continuaram rolando pela tela, uma cachoeira de símbolos que não faziam o menor sentido. Mallu estava se levantando para puxar a tomada quando tudo mudou em um mero segundo — um segundo que pode ser uma eternidade quando as coisas estão dando errado. A tela ficou completamente verde, nenhum número, nenhuma letra, apenas aquela cor.

— Você acha que acabou? — perguntou a garota.

— Não faço a mínima ideia.

A tela brilhou com mais intensidade, um verde tão forte que iluminou toda a sala, cegando a todos no caminho. Arthur colocou o braço na frente do rosto e foi ao chão. Os dedos tateavam em busca da tomada que ele puxou com toda a força, sentindo-a soltar e cair no chão de madeira.

— Arthur, me ajuda! — gritava Mallu. — Ele está me puxando... Ele está me puxando!

O garoto estendeu o braço em busca da irmã, mas não a encontrou. Então, como se nada tivesse acontecido, o brilho desapareceu, fazendo com que a sala voltasse ao normal. Apenas o silêncio de uma noite comum.

— Mallu? — chamou. — Você está bem?

Arthur sentia o coração batendo com força, socos contra o peito. A boca seca, frio na ponta dos dedos e no estômago, um medo simples e direto que só existe diante das grandes tragédias. Levou algum tempo para se reacostumar com a iluminação, as coisas entrando em foco lentamente, cada canto do apartamento, os pés gastos do sofá, as almofadas coloridas da Bahia, a mesa, o computador e o sumiço da irmã.

Olhou para todas as direções em busca da garota, mas não havia um pingo de Maria Luísa Carvalho em lugar algum. E a situação parecia ficar mais confusa a cada segundo.

O computador ainda estava com a tela verde cheia de números, ainda que a tomada se encontrasse jogada aos pés do garoto.

Números.

Zeros e uns.

Arthur deu um passo adiante e olhou para os símbolos na tela. Já havia lido sobre aquele tipo de sequência numérica em uma revista sobre jogos, algo saído da computação dos anos de 1960: um código binário. Uma sequência de uns e zeros que poderia enclausurar qualquer mensagem. Lá estavam as linhas numéricas bem na sua cara.

```
01000101 01101110 01110100 01110010
01100001 01110010 00100000 01101110
01101111 00100000 01001111 01110110
01100101 01110010 01110111 01101111
01110010 01101100 01100100 00111111
```

Arthur fez uma busca pelo apartamento inteiro. Procurou em cada quarto, banheiro e guarda-roupa. Em cada armário e no porão, nenhum sinal de Mallu onde quer que fosse. E aí, a esperança de que ela estivesse pregando uma peça nele foi dizimada. No meio daquele caso, se viu pensando em uma frase de Sherlock Holmes: "Uma vez que se elimina o impossível, tudo o que restar, não importando quão improvável, deve ser a verdade". Bem, já havia pensado e eliminado tudo o que era possível e tudo o que era improvável, talvez fosse hora de contemplar o impossível. Principalmente quando havia uma máquina ligada mesmo sem estar plugada na tomada.

Sentou-se na frente do computador e observou os números. Sua exasperação ganhou voz na forma de um murmúrio abafado:

— Por que você não funciona de um jeito que eu entenda?

E, como que em resposta a sua pergunta, houve um bip. A CPU rangeu e fez barulho, alguma coisa sendo processada. Arthur sentiu os pelos da nuca se eriçarem. Os números sumiam, dando lugar a letras, símbolos que formavam apenas uma pergunta: "Entrar no Mundo da Superfície?".

— Que... — começou a dizer.

A questão continuou na tela, esperando uma resposta do garoto que mal sabia o que ou como responder. "O que diabos seria o Mundo da Superfície? Algum tipo de programa?", pensou. Ou uma parte do computador que ele nunca tinha feito questão de conhecer? Mallu sabia tudo sobre eletrônicos, softwares e luzes piscantes. Não havia uma gota dessa habilidade em Arthur — embora ele fizesse *freestyle* de rap e soubesse de cor os nomes de 150 Pokémons.

Sem outra opção, sentou-se na cadeira diante do monitor e decidiu tentar uma coisa:

— Eu quero a minha irmã — falou. — Sei que você me entende. Foi por isso que traduziu os números, não é? Onde está minha irmã?

A CPU rangeu e trabalhou, a pergunta anterior substituída por três palavras em tamanho gigantesco:

MUNDO DA SUPERFÍCIE.

Aquela conversa não poderia ir longe, não enquanto ele ignorava o significado daquelas palavras e seu conhecimento de informática diminuía a cada segundo. Coçou a cabeça e deu um tapa no monitor.

— Sua coisa idiota, devolva minha irmã! — gritou. — Nem que eu precise tirar ela de dentro de você.

Foi a vez de a máquina emitir sua resposta — um bip e duas palavras piscando na tela: "Comando aceito".

Arthur não pôde fazer nada; o monitor brilhou verde e ele sentiu a mente turvar, os pensamentos deslocados. Era como se a direita se tornasse a esquerda e cada parte do seu corpo estivesse sendo desmontada, pequenos pedaços deixando de existir, como um farelo de pão que é pisoteado.

Arthur não sabia, mas seu corpo não existia mais no mundo real. Tudo o que ele fora um dia estava sendo levado para longe, para o lugar além de tudo o que existe de assustador e incrível.

A porta do Mundo da Superfície estava aberta.

NOÇÕES SOBRE O MUNDO DA SUPERFÍCIE

PARTE UM: GEOGRAFIA

Por Punk-Princess166

Se você pensar em algum lugar esquisito, tenha certeza de que ele nunca será tão esquisito quanto o Mundo da Superfície. Um mundo que não é regido por qualquer lei da física que conhecemos. Quando eu digo "um" mundo, é porque existem outros, como o Nether e O Fim, mas não iremos nos aprofundar neles por enquanto.

Vamos falar sobre o Mundo da Superfície e como o livro de regras é atirado pela janela. Você pode remover a metade central de uma árvore e ela continuará de pé, simplesmente flutuando como se nada tivesse acontecido. Mas nem tudo é afetado pela gravidade do mesmo jeito.

Quer um exemplo?

As árvores podem não cair como na Terra, mas se você estiver numa mina com cascalho ou areia, tenha certeza de que uma delas irá cair, te soterrar e te matar. Tudo é um pouco estranho, como um sonho ao qual você não pode tentar aplicar muita lógica, caso contrário será levado para um passeio com passagem só de ida para o lado doido da Força.

Geograficamente, o Mundo da Superfície é formado pelos chamados "biomas". Você pode ter um bioma de floresta que se estende por mil quilômetros bem ao lado de um bioma de gelo, um passo sendo a diferença entre um e outro. O mesmo pode se dar com biomas de desertos, oceânicos e demais tipos — sendo bem fácil se perder. Tenha sempre um mapa e carregue equipamentos para sobreviver em qualquer bioma, principalmente quando cai a noite.

O Mundo da Superfície tem uma relação bem interessante com os dois polos do tempo, o dia e a noite. O dia é o horário em que as pessoas trabalham, fazem suas coisas e andam livres por aí, mas com a noite é diferente. A noite é o horário dos monstros e das criaturas mais horríveis, o período em que sua expectativa de vida diminui consideravelmente e você precisa pensar muito bem se compensa sair do seu cantinho protegido para se aventurar do lado de fora.

P.S.: Monstros surgem do nada. Você só precisa da noite e/ou de um lugar bem escuro. Cuidado com os *creepers*.

CAPÍTULO 4

A FLORESTA DE NOITE E PIXELS

Os sentidos vieram lentamente, como se tivessem ido passear do outro lado do mundo antes de voltar a pé. O cheiro veio primeiro, o aroma de um computador velho, como aqueles em lojas de móveis usados. Um vento frio tocava a pele, e sua cabeça latejava. Precisou de um momento para se lembrar do acontecido, para se convencer de que não tinha sido um sonho.

Arthur apoiou as mãos no chão e se levantou, os olhos se abrindo com dificuldade. A luz do Sol foi a primeira coisa que atingiu seu rosto, um brilho incômodo. "Calma", pensou, "só preciso ter calma". Ele não tinha muita confiança nessa linha de pensamento, mas continuou torcendo para que se tornasse realidade — um pensamento mágico como aqueles ensinados nos livros de autoajuda. Deixou que seus olhos vasculhassem a paisagem ao redor e arrependeu-se de ter acreditado que pensamentos resolveriam alguma coisa.

— Que...

Tudo era diferente; cada grama, cada folha, cada pedra e cada árvore — todas as coisas pareciam existir em quadrados, como pixels e blocos de Lego. Lá havia árvores quadradas, pedras quadradas e até mesmo pequenos animais quadrados por todos os lados. Não havia pensamento mágico no mundo que mudasse aquilo na sua frente, não havia sentido ou cabimento.

No fim e no início de todos os pensamentos havia uma conclusão:

"Estou dentro de um videogame!".

Sem outra opção, decidiu andar; devia existir uma forma de encontrar a irmã e voltar para casa. Ainda sem saber se estava delirando, deu os primeiros passos naquele mundo novo. A textura de tudo era diferente, como se passasse a mão sobre isopor eletrificado. Não: sentir o toque dos pixels em sua mão era algo impossível de ser descrito.

Caminhou mesmo sem saber qual direção seguir — uma opção melhor do que ficar parado. Não podia dizer que estava dentro de Minecraft, embora tudo ao redor afirmasse o contrário. Lamentou que Mallu não estivesse ali — ela sabia tudo sobre blocos e pixels. Sua falta de conhecimento acerca do lugar poderia muito bem ser aquilo que o mataria. Estava perdido em pensamentos quando ouviu algo vindo de longe:

— Alôôôôôôô! — gritou uma voz. — Tem alguém aí?

Todos os seus alarmes internos soaram. Era a voz da sua irmã! Olhou em todas as direções, o som parecia vir de algum canto no lado esquerdo. Seu coração batia forte, como se quisesse saltar do peito. Correu o mais rápido que pôde, sem nem olhar onde pisava ou o que havia adiante.

Tum. Tum. Tum. Precisava continuar, Mallu estava perto, no meio de todas as coisas e pixels. Podia ver uma forma a distância, perto de um barranco cheio de mato.

— Ei, estou aqui! — gritou Arthur. Não podia deixar que ela se afastasse. — Me espera!

A garota se virou rapidamente. Houve um momento de silêncio em que as duas criaturas se encararam, olhos que iam de baixo para cima e em todas as direções. Cada pedaço de pele era analisado naquele primeiro segundo, cada movimento de respiração — tigres avaliando o porte do que poderia ser amigo ou adversário.

— O que está fazendo aqui? — disparou a garota. Arthur podia ver que a irmã parecia tão chocada quanto ele, como se algo impossível tivesse surgido diante dos seus olhos. — Seu idiota, você poderia ter morrido. E se algum monstro te pegasse?

Arthur sentiu uma onda de alívio percorrer seu corpo, apesar do comitê de boas-vindas não ter sido dos mais calorosos. Mallu parecia cansada, seu rosto estava cheio de cortes e arranhões, as roupas sujas e o cabelo desgrenhado — era como se ela tivesse acabado de sair de uma trincheira.

— O que aconteceu com seu rosto? — perguntou. — Eu estava com você há cinco minutos.

A garota sacudiu a cabeça.

— Não, Arthur, definitivamente, não — os lábios se repuxaram nos cantos. — Estou aqui há mais de três horas.

A última frase fez com que Arthur arregalasse os olhos e considerasse a chance de sua irmã ter enlouquecido.

— Isso é impossível — respondeu. — Eu acabei de te ver em casa. Minutos atrás.

— Impossível? Acho que você não viu onde estamos. — Foi a primeira vez que Mallu abriu um sorriso desde que se reencontraram. — Pode ter sido minutos lá, mas foram horas aqui.

— Mas o *que* é aqui?

Arthur olhou ao redor, para todas as árvores e para a floresta que continuava barranco abaixo. Tudo era brilhante e colorido, mas assustador e silencioso ao mesmo tempo. Apenas a floresta e o silêncio.

— Você não percebeu? Estamos no Mundo da Superfície de Minecraft, o lar de todos os *creepers*, *endermen*, zumbis e esqueletos. Seja meu convidado para andar no lar dos blocos assassinos.

Arthur observava o mundo aberto à sua frente, pensando, não pela última vez, que lamentava não ter jogado Minecraft antes. Poderia ao menos saber o que era o Mundo da Superfície, *enderman* ou *creeper*, (esqueletos e zumbis, por sorte, ainda estavam em sua gama de conhecimento). O único lado positivo da situação era que Mallu entendia aquele lugar como poucos; precisaria contar com ela para sobreviver ali.

— Bem, de qualquer forma, precisamos voltar para casa — falou, um pouco encabulado. — Mallu, você sabe como podemos voltar?

— Acho que temos que esclarecer uma coisa — disse ela coçando o queixo. — Se estamos no mundo do jogo, deveríamos usar nossos nomes de guerra. Pode me chamar de Punk-Princess166.

Arthur deu um sorriso com o canto dos lábios, um daqueles que raramente eram reservados a familiares.

— Você não acha que é um nome meio complicado de falar?

— Não — respondeu a garota. — Acho que é um nome tão digno quanto qualquer outro. Agora, qual é o seu nome, jogador?

— Que tal você deixar de estar tão empolgada com este lugar e estar um pouco mais desesperada para sair dele? Eu não quero um nome de guerra, quero ir pra casa.

— Um garoto sem nome. Muito bem, enquanto você não encontra seu verdadeiro nome, vou chamá-lo de Arthur, o Noobie Saibot.

— Estou começando a me arrepender de ter vindo atrás de você.

— Você me ama, Noobie.

Arthur já ia responder alguma coisa, mas as palavras foram silenciadas quando um barulho cortou a conversa, como o silvo de uma cobra, bem perto. Mais do que isso, o barulho de um pavio sendo queimado, o cheiro de pólvora e fogo.

O garoto pensou em se virar, mas Punk-Princess166 o empurrou com tanta força que a única coisa que se virou naquele momento foi o mundo ao redor — mil e um giros enquanto seu corpo ia encosta abaixo, o rosto atingido por todo tipo de planta e pedra. Arthur gostaria de poder contar futuramente que encarou aquilo com coragem e de forma estoica, mas o fato é: o garoto berrou durante todo o trajeto e as mais diversas notas musicais e vogais foram contempladas na performance.

— Pare de gritar! — foi o que Punk-Princess166 *gritou* de algum lado. — Vai atrair mais deles, pare de gritaaaaaar!

Arthur preferiu não responder, ocupado demais gritando por ajuda, uma jornada de poucos segundos, mas que pareceu eterna. Mais vogais e mais notas desafinadas e pulmões que fariam um cantor de ópera sentir inveja. A parada, no entanto, foi brusca e dura, uma árvore gigantesca servindo de freio. O ar escapou de dentro dele, e Arthur ficou feliz por não ter desmaiado com o primeiro impacto. Ainda estava sentindo dores e buscando coragem para se levantar e xingar a irmã, quando tudo voou pelos ares, da forma mais literal possível.

O tempo entre o abrir e o fechar de olhos...

Uma explosão tão forte, brilhante e ruidosa que fez o chão tremer e atirou o topo da encosta em todas as direções; blocos pixelados em milhares de tamanhos, pesados e leves, alguns desaparecendo no ar, como um fogo de artifício que morre no céu. A quantidade enorme de luz branca fez com que ficasse desorientado por um segundo e seus olhos lacrimejassem; seus ouvidos zumbiam por causa da explosão, e cada pedaço do seu corpo estava dolorido.

Sem nenhuma outra coisa para dizer, deixou que um palavrão escapasse de sua boca. E, mais uma vez, se viu odiando o lugar onde estava. Um pensamento solitário em sua cabeça: “Maldito Minecraft!”.

CAPÍTULO 5
VIDA APÓS O *CREEPER*

— Mallu? — chamou ele, com a voz debilitada. — Você está viva?

Um gemido alto serviu de resposta positiva para a pergunta. Bem, pelo menos *ainda* estavam vivos.

Buscando um resto de coragem dentro de si, rolou para o lado e se levantou com dificuldade, o cérebro ainda tentando entender como tudo aquilo poderia ter acontecido, todo aquele amontoado de coisas fumegantes a seu redor. Logo em seguida, ajudou a irmã a se levantar; ela parecia ter sofrido um pouco mais do que ele, e seu rosto estava ainda mais repleto de arranhões. Tinha pequenos cortes nos braços e estava suja da cabeça aos pés. Seu reinado de princesa estava mais perto da fuligem do que de um trono.

— Meu caro, tenho o prazer de apresentar seu primeiro *creeper* — disse ela. — Pelo menos ainda não é noite...

A explicação dela foi tão boa que Arthur não entendeu nada e cuspiu uma pergunta antes que ela pudesse terminar a segunda frase:

— O que é um *creeper*?

— Ah, verdade! — respondeu ela. — Eu tinha me esquecido que você é um neófito, um *noob* da pior espécie. Os *creepers* são as coisas mais chatas de Minecraft, monstros verdes que explodem e destroem tudo ao redor. Os monstros só costumam aparecer de noite, mas se você tiver um pouquinho de sombra, tipo a floresta onde estamos, já é um ótimo lugar para eles — ela deu de ombros como se aquilo fosse um fato tão comum quanto ir ao banheiro. — Vamos continuar andando, você não vai querer estar aqui quando anoitecer.

Noobie Saibot e Punk-Princess166 começaram a andar numa direção qualquer — não fazia muita diferença qual caminho seguissem, estavam perdidos de qualquer maneira. Ele mancava um pouco e começava a sentir sede e fome, ainda sem a mínima ideia de quanto tempo havia passado desde que caíra ali. Era como se a sua percepção de tempo tivesse mudado, fazendo com que uma hora pudesse caber em um minuto, e o minuto se estendesse por caminhos de labirinto. E assim, no meio de todo o cansaço físico, tinha uma coisa em sua mente que o incomodava, um detalhe que a garota havia mencionado pouco antes.

— Mallu, você disse que os monstros só costumam sair à noite. Isso quer dizer que existem muitos deles por aqui?

— O nome é Punk-Princess166 — ela disse, sem desviar os olhos da trilha que seguiam. — O Mundo da Superfície é repleto de monstros, muitos mesmo. Eles vagam durante a noite e tentam matar os jogadores, e é por isso que construímos casas, túneis e armas no jogo. É um mundo selvagem, amiguinho.

Como poderiam sair dali? Como enfrentariam todos os desastres que pareciam andar à espreita no Mundo da Superfície?

— Ei, Noobie — chamou sua companheira. — Você precisa ver uma coisa.

Aproximou-se do lugar para onde ela apontava; uma árvore muito alta com uma escada presa no tronco anguloso. Arthur entendeu imediatamente o significado daquilo: podia haver mais alguém por ali, talvez algum jogador de Minecraft ou até mesmo algum adulto que pudesse ajudá-los. A pontinha de esperança, que um segundo antes parecia distante, voltou a dar sinal de sua existência, ainda que Arthur fosse obrigado a deixar a mente aberta para a possibilidade de que aquilo fosse apenas mais uma das partes aleatórias de Minecraft. O que era uma escada na árvore quando havia monstros explosivos e flores de pétalas cubiculares?

— Você quer subir nisso? — indagou.

Ela colocou o pé direito na escada.

— Claro que sim. Se tivermos uma vista do alto, podemos saber qual a melhor direção e se existe alguma vila por perto.

— Bem... — respondeu. — Subir numa árvore não pode ser pior do que quase ser explodido por um monstro.

— Esse é o espírito.

Punk-Princess166 não esperou e começou sua escalada. Parecia não ter medo de nada e nem olhava para baixo, com uma habilidade que o irmão não imaginava que ela possuía. Precisou parar por um segundo para se lembrar de que aquela era a menina com quem brigava todos os dias. Segurou na escada de madeira e começou a subir, sentindo o pequeno choque que emanava de todas as coisas naquele mundo.

Os primeiros degraus foram fáceis, um pouco como as brincadeiras na sua casa da árvore, mas as coisas mudavam de figura quando quatro metros já haviam ficado para trás. Suas mãos doíam e o peso do seu corpo ficava levemente mais insustentável. O outro empecilho vinha do seu problema com altura — fosse ao chegar na beira da janela de um prédio muito alto ou ao entrar num avião. Nas poucas vezes em que ousou olhar para baixo, sentiu uma onda de medo enorme e o frio se espalhar dentro do estômago, e ficou contente por não ter se espalhado o suficiente para chegar em suas calças.

Enquanto lidava com seus dilemas interiores, PunkPrincess166 chegou na copa da árvore e se acomodou num galho — ato repetido por Arthur não muito tempo depois, que ficou contente pelos galhos grossos e fortes.

— Isso é maravilhoso, não é? — perguntou ela num tom que mais indicava uma afirmação do que a necessidade de resposta. — Acho que eu poderia ficar horas observando isto aqui, mesmo que não seja boa notícia para nós.

Ele viu aquilo a que ela se referia. O céu, um manto liso e azul, começava a escurecer, e o Sol ia se pondo cercado pela sombra alaranjada do crepúsculo. O astro, como tudo que compunha o mundo de Minecraft, era um quadrado no firmamento digital, amarelo como ouro e brilhante, dono de um calor diferente daquele que Arthur conhecia em seu mundo: mais quente, mas ao mesmo tempo sem capacidade de incomodar, programado para ser perfeito. Contudo, ele se lembrava do que ela tinha dito anteriormente: a noite trazia monstros. Era a hora dos zumbis e dos *creepers*, criaturas que podiam explodir, e outras que podiam matá-los em um segundo. *Matá-los*, sim. Arthur já tinha chegado à conclusão de que podia se machucar de verdade naquele mundo — os cortes no rosto e as dores pelo corpo mostravam isso —, logo, mesmo que estivesse dentro de um jogo, não gostaria de tentar a sorte e morrer.

— Você acha que temos alguma chance de voltar pra casa? — perguntou, sem mover os olhos da lenta descida do Sol quadrado.

— Eu acho que você vai voltar pra casa, sim — disse ela. — Sem problemas.

— Você não quer voltar pra casa?

— Ainda não me decidi — suspirou e mudou de assunto. Arthur compreendeu que sua deixa para perguntas estava fechada. — Olhe adiante, naquela direção ali. Tem uma planície, isso é um ótimo sinal. Todas as vilas em Minecraft ficam em superfícies planas, o algoritmo do jogo é incapaz de criar em florestas, logo, é para lá que precisamos ir. É a única chance de encontrarmos alguém para nos ajudar, outro jogador ou coisa do tipo.

— Bem, sabemos para onde ir — respondeu. — Espero que tenha comida nessa vila, estou morrendo de fome.

— Espero que tenha bolo, eu adoro bolo — sua voz mostrava animação.

Arthur assentiu e, não pela última vez, se lamentou por nunca ter jogado o maldito jogo — não que esperasse algum dia ser sugado para dentro dele. Agradeceu aos céus por ter Punk-Princess166 ao seu lado e começou a fazer o caminho inverso pelos degraus. Um pé de cada vez, rapidamente, e segurando com tanta força que os nós de seus dedos embranqueciam; uma pressa nascida em parte da grande mancha negra que já cobria a maior parte do céu, forçando o Sol para debaixo do horizonte.

— Andar por aqui à noite é quase morte na certa — disse ela. — E nenhuma árvore aqui é alta o suficiente para que algum esqueleto não nos veja e atire flechas. É por isso que precisamos correr até a planície e encontrar abrigo.

— Seu plano não é dos mais animadores.

— É o único que temos. Morremos encurralados aqui em cima ou morremos correndo lá embaixo, duas opções fúnebres pelo preço de uma.

Quando por fim colocaram os dois pés no chão, a noite já havia coberto todo o Mundo da Superfície, e estavam em algum ponto não identificado da floresta de pixels. E ali, no meio de todas as árvores quadradas, a dupla não estava mais sozinha. Podiam ouvir sons, barulhos que indicavam companhias desagradáveis: grunhidos, sons de coisas batendo e debatendo, algo se arrastando sobre folhas secas, gritos e guinchos, sons distorcidos como uma guitarra desafinada. Contudo, o que realmente assustou Noobie Saibot e Punk-Princess166 foram centenas de olhos vermelhos que brilhavam em todas as direções — as centenas de olhos que observavam dois vagantes na floresta escura.

CAPÍTULO 6
CORRA, USUÁRIO, CORRA

O ser humano comum, de acordo com algumas teorias, teria energia suficiente dentro de si para correr durante três dias, se fizesse em média 24 quilômetros por hora. Contudo, tais dados partem da suposição de que o humano comum estaria correndo numa pista livre e desimpedida, ao contrário de Arthur e Punk-Princess166, que corriam no meio da floresta noturna e podiam escutar perseguidores no encalço. Teriam muita sorte se conseguissem correr mais de dez minutos, e numa velocidade inferior àquela dos humanos comuns. A dupla simplesmente correu mato adentro, iluminados apenas pela luz de uma meia-lua quadrada no céu.

— Não pare de correr — gritou ela. — E não encare um *enderman* se encontrar algum pelo caminho.

— Eu não sei o que é um *enderman*.

— Sorte sua.

A corrida pela floresta continuava, galhos acertavam o rosto de Arthur, e ele mal conseguia dar um passo sem tropeçar. Seus pés doíam, e não tinha uma parte de seu corpo que não estivesse perto de entrar em colapso — evento impedido apenas pela perseverança que nasce do medo. Esse medo, tão específico e direto, surgiu com mais intensidade para o garoto quando ele viu o que os perseguia, os contornos brevemente iluminados pelo luar. Lá estavam aranhas, enormes e negras, de olhos vermelhos, que corriam em bando pelo chão; garras que batiam, e longas, longas pernas. Arthur não quis pensar no que poderia ser mais assustador do que aquilo, tentando afastar da mente as opções que surgiam.

— Elas estão chegando perto! — disse o garoto quando um jato de teia caiu na sua cabeça. — Elas estão chegando *muito* perto.

Punk-Princess166 segurou sua mão, dedos firmes e quentes, e o puxou com força antes de responder:

— Acredite mim, Noobie, eu *sei*!

A dupla se deu conta de que tinha se enganado terrivelmente ao pensar que poderia fazer aquilo, que poderia correr pela floresta e chegar até a planície. Foi no meio de todo esse caos e de todas as dúvidas que cruzavam a mente do garoto, que ele viu algo surpreendente acontecer. Um brilho que surgiu de lugar nenhum e iluminou a floresta por um segundo, fazendo com que as aranhas recuassem por um instante.

— Venham comigo! — gritou uma voz ao lado da irmã. — Eu tenho uma mina perto daqui!

Arthur se virou a tempo de ver uma figura estranha, adjetivo que servia para categorizar qualquer coisa até então, mas que ganhou uma ênfase especial naquele segundo.

O visitante tinha forma humanoide, mas era feito de blocos, como tudo o que compunha o Mundo da Superfície.

Usava uma armadura prateada que o cobria da cabeça aos pés e carregava uma espada que se revestia de fogo cada vez que descia sobre algum inimigo. O espaço de tempo foi pouco para que o garoto notasse qualquer outro detalhe, então apenas decidiu que qualquer ajuda era melhor do que nada e seguiu o recém-chegado.

Ele e Punk-Princess166 foram por uma trilha aberta não muito longe dali, seguindo o brilho prateado na frente deles. As aranhas ainda os acompanhavam, mas eles já se aproximavam de uma pequena construção de pedra numa clareira perto dali, espaço que provavelmente o ajudante sem nome tinha aberto com algum esforço. Havia algo que parecia ser pouco mais do que um grande retângulo de pedra com uma porta e nenhuma janela; algumas tochas brilhavam no topo e na entrada.

— Entrem de uma vez — disse o guerreiro. — Vou segurá-las por um momento.

A dupla não gastou nem um segundo em argumentação, apenas continuou a corrida com toda a energia restante e entrou na casa, fechando a porta com tanta força que as paredes tremeram e alguns pixels caíram do teto. O interior era parcamente mobiliado, com apenas uma cama, mesa, alguns baús espalhados e um bloco de madeira com símbolos que eles não entendiam e cuja utilidade não podiam adivinhar. Na extremidade esquerda havia um buraco no chão de onde despontava um pedaço de escada, parecida com aquela que encontraram na árvore da floresta. Arthur logo supôs que ambas pertenciam ao mesmo dono, o ocupante daquele espaço no meio do nada.

O barulho de luta ainda continuava do outro lado, a espada se chocando contra árvores e aranhas negras.

— Quem é aquela criatura? — Arthur pensou em usar "o que", mas não queria soar mal-agradecido. — Ele também é um monstro?

Punk-Princess166 o ignorou por um momento, analisando cada um dos itens espalhados por ali, fosse a cama ou o enorme bloco com símbolos — ou mesa de criação, como ela viria a explicar mais tarde, um espaço usado em Minecraft para construir objetos. Quando finalmente ela voltou a notar a existência do garoto, a resposta veio com uma alegria quase infantil.

— Ele é um *mob* humano — disse ela. — Qualquer criatura no mundo de Minecraft é um *mob*, até mesmo o *creeper* e as aranhas que nos atacaram. Os *mobs* humanos são mais parecidos com a gente, constroem casas, vilas, equipamentos e armas. É para isso que estávamos tentando chegar na planície, para encontrar algum *mob* para nos ajudar.

— Eu pensei que estávamos procurando pessoas.

— Até onde sei, nós somos as únicas pessoas-pessoas aqui. Não sei o motivo de estarmos aqui, Noobie, mas a nossa presença é a coisa mais antinatural do mundo, deste mundo.

Arthur olhou para ela de forma intrigada, pronto para usar sua metralhadora de perguntas, mas foi interrompido pela entrada do guerreiro prateado. Seu elmo estava rachado, e sua espada, suja com o sangue dos inimigos aracnídeos, mas ele sorria abertamente, expressão de alguém que não se divertia de verdade há muito tempo.

— Sejam bem-vindos, Usuários — disse, e em seguida partiu para abraçar cada um deles e beijar seus rostos. Arthur sentiu seu suor e seu cheiro nada agradáveis. — Vocês não imaginam como estou feliz. Sintam-se à vontade, puxem uma cadeira, por favor.

O garoto trocou um olhar com a irmã. Não esperavam aquele tipo de recepção, principalmente depois de tantas experiências perigosas em Minecraft. Ficou contente por ver ao menos alguma coisa — alguém, corrigiu mentalmente — que não quisesse matá-lo. Não fazia a menor ideia de quem poderia ser aquela pessoa no meio da noite, mas parecia ser o único aliado até o momento. Uma parte de Arthur se encolhia com medo, mas sentia-se agradecido por ter sido salvo das aranhas e, sem melhores opções, puxou uma das cadeiras de madeira e se sentou. Punk-Princess166 fez o mesmo, e a dupla encarou o homem quadrado.

— Muito obrigado por nos ajudar — disse Arthur. — Se você não tivesse aparecido, aquelas aranhas teriam acabado com a nossa raça.

O homem balançou a cabeça negativamente.

— Não preciso de agradecimentos — respondeu ele. — É meu dever ajudar os Usuários da melhor forma que eu puder. Meu nome é Steve. Já fui um aventureiro como vocês, até que levei uma flechada no joelho.

— Lamento por isso, cara — falou Punk-Princess166.

Arthur cruzou os braços e decidiu questionar uma coisa que estava em sua cabeça desde que falaram com Steve na floresta. Uma única palavra que vinha chamando sua atenção. Talvez a resposta para a pergunta fosse tudo que precisava para voltar para casa.

— Steve, você tem nos chamado de Usuários — começou a dizer. — O que isso significa? Você já viu outros humanos por aqui?

O *mob* andou até a janela e ficou de costas para eles, observando a noite cheia de monstros, onde todas as aranhas e *creepers* buscavam por presas. O garoto, por um momento, teve a impressão de que talvez não fosse obter respostas, mas Steve deu um suspiro e respondeu:

— Apenas um — precisou fazer uma pausa antes de continuar. — Ele chegou muitos ciclos atrás. Era parecido com vocês, um garoto feito desse material estranho que chamam de carne. Cavou sua primeira mina não muito longe daqui, construindo casas e criando animais, uma pessoa de paz como qualquer outra, um amigo dos *mobs* — sua voz ficou mais grave. — Contudo, cuidar de seu espaço e conviver conosco deixou de ser o bastante, e ele se tornou obcecado com as Pedras Vermelhas, usando-as para criar máquinas gigantescas, destruir florestas e matar qualquer *mob* que ficasse no seu caminho. Ele se denominou Rei Vermelho e descobriu uma forma de deixar todos os *mobs* malignos sob seu controle; tudo o que nos atacou lá fora trabalha para ele...

— Se você quiser que alguma coisa se torne uma porcaria, jogue um humano no meio e espere — comentou Punk-Princess166.

A sala ficou silenciosa. Arthur não gostou daquelas palavras, de nenhuma delas. Odiava saber que se tratava de outro humano, uma pessoa que escolhia deliberadamente machucar os outros, sem a desculpa de ser um programa de computador ou personagem fictício. Apenas um garoto malvado. Um garoto malvado que parecia ter mais poderes do que deveria, e que tinha arrancado ele e a irmã da segurança de seu lar.

Arthur suspirou. O tal Rei Vermelho era a única pista que tinham para encontrar uma forma de sair dali. Precisavam ir atrás dele mesmo que fosse um risco maior do que gostariam; precisavam encontrar uma maneira de voltar para casa.

— O que podemos fazer para encontrá-lo, Steve? — indagou com a voz firme.

O *mob* pousou a espada no chão e respondeu:

— Eu posso saber uma ou outra coisa sobre o assunto — ele riu. — Acho melhor que encontrem uma posição confortável. A noite será longa e eu tenho muito o que falar.

Foi há muitos ciclos atrás, quando o Mundo da Superfície era diferente. Um tempo anterior aos Usuários e aos mobs, quando tudo se resumia aos zeros e uns flutuando pela rede. Certo dia – e aqui quero dizer "certo momento", porque não havia dia ou noite... –, o Mundo da Superfície começou a nascer, infinito em todas as direções – e ainda hoje continua crescendo, porque o Mundo da Superfície irá crescer para sempre. Contudo, ao mesmo tempo em que nosso mundo foi criado, um outro nasceu: o Nether. Um lugar de fogo e medo, o gêmeo sombrio do Mundo da Superfície, de onde nascem os endermen *e todos os piores inimigos do mundo.*

No meio desse lugar de lava e medo, nasceu uma criatura, um ser tão malvado que sua própria existência colocava em risco o Mundo da Superfície. Uma criatura que desejava espalhar o terror e o sofrimento entre todos os povos livres. Muitos se esqueceram do nome dele, mas não eu. Ele se chamava Herobrine, e formou exércitos que destruíam tudo em seu caminho. Com mais poderes do que qualquer mob, ele andou e consumiu tudo.

Foi nessa época de profunda escuridão que eles vieram: os Usuários. Duas crianças humanas, iguais a vocês, de carne e sem pixels. Os Usuários se uniram aos mobs que não estavam sob o controle de Herobrine e lutaram durante muitos anos.

Então, os Usuários se uniram e construíram a Espada de Diamante, a única coisa que poderia banir Herobrine para longe, para fora do Mundo da Superfície. Os dois Usuários caminharam até a Montanha do Ferreiro 1234 e lutaram contra Herobrine. A batalha foi árdua, mas o inimigo foi derrotado e banido para algum buraco do Nether.

O mundo foi recuperando sua natureza e as coisas voltaram ao normal. Contudo, os Primeiros Usuários sabiam que o nosso mundo sempre enfrentaria inimigos. Por esse motivo, esconderam, em algum ponto do Mundo da Superfície, a Espada de Diamante – a única coisa que pode derrotar qualquer inimigo. Nessa época, foi escrita a profecia: quando o Mundo da Superfície mais precisar, novos Usuários virão em seu socorro.

E vocês estão aqui... Justo quando um novo inimigo se levantou. Um inimigo que pode destruir a paz. É agora que começa a missão de vocês: salvar o Mundo da Superfície, com a Espada de Diamante.

As coisas serão mais difíceis, o Rei Vermelho não é um programa ou um ser digital como nós. Ele também é um Usuário que conhece a lenda sobre a Espada de Diamante e está atrás dela. Se ele a encontrar, se tornará invencível.

Crianças, se quiserem voltar para casa, vocês precisam derrotar o Rei Vermelho e cumprir a profecia. Encontrem a espada que baniu Herobrine, o fantasma do Nether. Só assim vocês voltarão para casa em segurança.

NOÇÕES SOBRE O MUNDO DA SUPERFÍCIE

PARTE DOIS: CREEPERS

Por Punk-Princess166

Creepers explodem. Essa é a principal informação que você precisa ter sobre esses monstros. É a criatura que todo explorador do Mundo da Superfície já encontrou ou teme encontrar, por um simples motivo: *Eles são um saco.*

Ao contrário dos outros monstros do Mundo da Superfície, ele não queima e desaparece com a luz do dia, podendo te perseguir durante muito tempo. E, acredite em mim, eles realmente te perseguem por dias e horas, se você for avistado por um deles. E nem adianta se esconder dentro de casa, ele ficará na sua porta esperando você sair, e aí... BANG.

E como eu vou saber o que é um *creeper*?

É muito fácil reconhecer o *creeper.* O aspecto físico deles é sempre o mesmo: são verdes, cabeça quadrada, quatro patas e olhos pretos. O problema é que quando você o reconhece, pode já ser tarde demais. Eles são kamikazes que se explodem apenas pelo prazer de matar você.

A boa notícia é que não é tão difícil matá-los, e se você tiver uma boa espada e uma boa armadura, tudo fica ainda mais tranquilo. Lembre-se: se começar a ouvir um barulho parecido com aquele de pavio queimando...

Corra!

CAPÍTULO 7

A VILA DE STEVE

Arthur foi acordado pelo Sol de Minecraft em seu rosto — aquele calor morno e elétrico, como tudo mais que havia naquele mundo. Seu primeiro pensamento foi o de que toda a história não havia sido um sonho, que realmente estava perdido no lugar mais aleatório de todos, e ele e a irmã precisariam lutar contra um garoto idiota que se achava rei de alguma coisa. Foi mais ou menos o que Steve disse. Pensar no *mob* fez com que se lembrasse da noite anterior e de tudo aquilo que foi dito pelo guerreiro em forma de blocos. Se metade daquilo fosse verdade, estariam com um problema enorme, bem enorme. Onde encontrariam a maldita Espada de Diamante?

— Droga — murmurou.

Sentou-se e olhou para os lados: Punk-Princess166 dormia num colchão não muito longe dali; estava com uma perna para fora do cobertor e dividia seu tempo entre babar e roncar. Steve dormia na cama perto da janela, e tudo parecia na mais perfeita paz.

Arthur se lembrou de como o *mob* construiu os colchões poucos minutos antes de dormirem — uma ação que Punk-Princess166 descreveu como o *crafting* no mundo de Minecraft. Foi a primeira prova que teve de que nenhuma regra da física estava a salvo naquele mundo. Steve apoiou alguns itens (madeira e lã) sobre um bloco cheio de símbolos e num segundo colchões vermelhos surgiram pela sala. "Isso é um pouco como mágica", explicou a garota. "E aquilo é uma mesa de *crafting*. Se você colocar os materiais certos e na ordem certa sobre ela, é possível criar qualquer coisa, *qualquer coisa*."

Sem a opção de perder tempo, o garoto se levantou e calçou os tênis; precisavam sair dali e encontrar a vila. Cutucou Steve e Punk-Princess166; a dupla ainda levou um tempo para conseguir ficar de pé. Arthur não conseguia entender pessoas daquele tipo, que dormiam durante um dia inteiro — achava que dormir era uma atividade entediante e supervalorizada.

— Só mais cinco minutinhos, Noobie — implorou Punk-Princess166. — Cinco minutinhoooooos.

— Nem um nem meio — respondeu Arthur de forma impaciente. — Precisamos dar um jeito de voltar pra casa!

Acordar o *mob* foi um pouco mais difícil. O guerreiro estava tão desmaiado que o garoto e sua irmã precisaram virar um copo d'água na cara dele — a única medida a produzir algum efeito. Steve se levantou gritando e erguendo os punhos como se segurasse uma espada.

— Malditos *creepers*! — gritou ele.

Arthur e Punk-Princess166 se afastaram num pulo e esperaram até que o outro despertasse completamente, o que levou quase um minuto. Tomaram um café da manhã composto de frutas e leite — tudo tinha um gosto estranho, meio plástico e azedo — e prepararam tudo o que precisavam carregar. Steve deu a eles duas espadas quadriculadas de madeira, que pareciam pesar menos que um lápis.

Foi assim que começou aquela parte do plano: caminhar até a vila mais próxima e pedir ajuda, qualquer ajuda que pudesse levá-los de volta para casa.

— Você acha que essa espada é real? — perguntou Punk-Princess166. — Espadas de Diamante existem no Minecraft normal, mas aqui as coisas parecem um pouco diferentes.

— Diferentes como?

— Espadas de diamante são raras, mas não impossíveis de serem encontradas — respondeu ela. — É como se aqui fosse uma forma diferente do jogo. Não vimos muitos animais ainda, mas as florestas ficam cheias de vacas no jogo normal.

— Vacas no meio da floresta?

A garota sacudiu os ombros.

— Ninguém nunca acusou Minecraft de ser a coisa mais realista do mundo, Noobie.

Continuaram a caminhar durante um bom tempo. Steve cortava alguns obstáculos com a espada e os jovens imitavam seus movimentos.

— A estrada costumava ser mais bem cuidada — disse ele —, mas os ataques de monstros leais ao Rei Vermelho impossibilitaram o trabalho de manutenção, e tudo ficou largado.

— Nós vamos resolver isso — respondeu PunkPrincess166. — Assim que conseguirmos a espada brilhante.

— De diamante — corrigiu Steve. — Espada de Diamante.

— Se ela é feita de diamante, significa que brilha, logo, espada brilhante.

— Hum... — foi a resposta do guerreiro. — Faz sentido.

Arthur ficou em silêncio e continuou a caminhada. Pensou na sua casa e em tudo que gostaria de estar fazendo — até mesmo lavar a louça seria melhor do que andar perdido e procurando uma espada. Pensou em como costumava brigar com a irmã por qualquer coisa, e agora os dois estavam agindo juntos, dispostos a tudo para salvar um ao outro e voltar para casa. Imaginou o que seus pais estariam fazendo naquela hora, se estariam preocupados ou se nem teriam notado a ausência dos filhos, como uma daquelas histórias em que o tempo corre de forma diferente no mundo real e no mundo da fantasia, como em Nárnia.

— Eu quero voltar pra casa — ele murmurou.

— Coragem, Usuário — respondeu Steve. — Firme o semblante.

Andaram por mais ou menos uma hora na direção do Sol. Estavam cansados, mas Steve alertou que a vila ficava pouco mais adiante — fato que se confirmou em alguns minutos. Arthur viu uma torre quadrada se erguer contra o céu; no topo, várias tochas queimavam. Steve explicou que aquilo servia como um sinal para que as pessoas não se perdessem e para afastar monstros sensíveis à luz.

A vila foi tomando forma diante dos olhos de Arthur. Havia várias casas feitas de blocos cinzas, currais e *mobs* caminhando de um lado para o outro. Muitos animais estavam espalhados: vacas, galinhas, poucos gatos, cabras e porcos. Todos naquela aparência de sempre do Mundo da Superfície: pequenos quadrados pixelados que andavam e faziam barulho.

— A vila onde nasci — disse o *mob* guerreiro. — Conheçam a Vila de Steve.

Arthur quase riu ao ouvir o outro falando de si na terceira pessoa, mas deixou isso de lado e continuou a descida até a vila. Ficou contente por encontrar qualquer tipo de movimento, ainda que não de humanos, mas melhor do que monstros explosivos no meio da noite. Sem muito o que temer de uma paisagem tão bucólica, continuaram a caminhada. Os viajantes chegaram até a entrada da vila, onde um arco de madeira exibia uma placa em que se lia a seguinte mensagem:

A MELHOR VILA DO MUNDO DA SUPERFÍCIE. TEMOS GATOS PARA VENDER E ALUGAR.

— Olá, Steve — disse uma voz adiante. — Muitos anos desde a última vez em que nos vimos.

Os olhos do garoto voaram para o recém-chegado. A cabeça quadrada estava lá, os braços também; usava uma camisa turquesa, calça roxa e dois olhos que eram pontos azuis. Era, em tudo, igual ao guerreiro que os havia resgatado na floresta. Arthur viu o guerreiro sorrir e responder:

— Olá, Steve. Também senti sua falta.

Aquelas seis palavras fizeram com que Arthur olhasse em volta, para todos os transeuntes atravessando a vila, cada indivíduo. O sentido então o atingiu com força: Steve não tinha mentido ao dizer que estavam na Vila de Steve. Todos eram idênticos uns aos outros, *todos eram Steve*! Respirou bem fundo e disse:

— Só posso estar louco.

E assim foi o começo deles na vila de Steve.

CAPÍTULO 8
O ANCIÃO STEVE

Steve. Arthur começou a pensar no guerreiro apenas dessa forma. Os outros seriam Steve Um, Steve Dois e assim por diante, de acordo com a ordem de aparição. Steve (o original) pediu que andassem, pois precisavam encontrar o Ancião Steve para obter mais informações sobre a Espada de Diamante. Era impossível para Arthur andar sem ficar levemente maravilhado e assustado ao ver todos os *mobs* idênticos em seus afazeres. Da mesma forma, Arthur sabia que ele e Punk-Princess166 eram as novidades naquele lugar; todos os olhos estavam nos Usuários de carne e osso, não havia um Steve que não os observasse.

— Já faz muitos anos desde que o vimos, Steve — disse Steve Um. — Nem sabíamos se estava vivo ou morto.

O guerreiro sorriu.

— Eu precisava me recolher — respondeu. — Os anos de batalha me deixaram incapaz de viver em sociedade. Sou um lutador, irmão, meu trabalho é responder ao chamado selvagem. Agora leve-nos ao ancião, apenas ele poderá nos ajudar.

Punk-Princess166 riu alto.

— Ele sempre falou empolado assim? — indagou a garota.

Steve Um assentiu antes de responder.

— Steve sempre teve sonhos de grandeza, todo mundo o considerava um pouco esnobe, desde criança. Muitas palavras difíceis e poucos miolos.

Houve um grande protesto por parte do *mob* guerreiro, que ergueu a espada e a brandiu violentamente, mas todos caíram na gargalhada e ele deixou a raiva de lado.

Assim caminharam pela vila, um Steve cumprimentando o outro, a vida pacata sem interrupções; era como se aquele lugar nem tivesse ouvido falar sobre o tal Rei Vermelho que comandava todos os monstros daquele mundo. Apenas a paz de um vilarejo bucólico.

— Já estamos quase chegando — disse Steve Um. — O ancião tem estado muito fraco nos últimos dias, o que o faz ficar em casa na maior parte do tempo.

Arthur avistou o lugar mencionado pelo cidadão. Era uma casinha minúscula e isolada, construída com pedras, e tinha um telhado vermelho. Algumas ovelhas pastavam ali perto; eram das cores mais peculiares: amarelas, azuis, verdes e roxas. O garoto ficou sabendo que no Mundo da Superfície era possível pintar suas ovelhas e fazer com que produzissem lã nas cores desejadas, algo bem mais prático do que na Terra.

— O Ancião Steve os aguarda — disse Steve Um. — A chegada dos Usuários foi prevista, mas ninguém esperava que fosse verdade.

Steve Um foi na frente e bateu na porta. Ouviram, depois de alguns segundos, uma resposta do lado de dentro, uma voz rouca que dizia:

— Deixe que os Usuários venham a mim, Steve. Aguardei durante muitos anos esse momento.

Arthur deu um passo adiante e empurrou a porta, sendo seguido por Punk-Princess166 e pelos dois *mobs.*

Fumaça com cheiro de canela atingiu as narinas do garoto, que depois de um acesso de tosse abriu os olhos para ver o quarto onde estava. Era ainda mais simples que o de Steve; tinha apenas uma cama, um cesto de frutas e uma vela que enchia todo o lugar de fumaça. Sentado sobre a cama, com sua cabeça quadrada balançando lentamente, estava o Ancião Steve, quase exatamente igual aos outros em aparência, com a única diferença de que exibia uma barba branca.

— Olha só — disse Punk-Princess166. — Um Steve velhinho! Eu nunca tinha visto um assim enquanto jogava Minecraft.

— Trate o ancião com mais respeito — pediu Steve Um. — Ele é uma entidade importante para nossa sociedade.

O velho Steve riu e disse:

— Não seja tão rígido com a menina, Steve. Eu realmente devo parecer estranho para ela, tanto quanto ela é estranha para nós.

A questão que passava na cabeça do garoto era um pouco diferente. De onde vinham tantos Steves? Apenas Steves? Nasceriam em ovos ou sementes? Plantados por alguma espécie de programador divino daquele mundo?

Eram mais perguntas do que podia acompanhar. O Mundo da Superfície estava se mostrando um local impossível de se compreender sob qualquer circunstância. No entanto, focou sua atenção no motivo de estarem ali e disse:

— Precisamos de ajuda, Ancião Steve — fez uma pausa. — Precisamos sair deste mundo e voltar para casa...

— E para isso vocês precisam da espada que derrotou Herobrine — interrompeu o velho. — A lendária Espada de Diamante. Eu sei tudo...

Arthur se encheu de esperança, talvez existisse uma chance de vencerem aquela situação.

— Você pode nos ajudar?

O velho coçou a cabeça, encheu os pulmões de ar e disse:

— Não.

A resposta deixou todos surpresos. Arthur e Punk-Princess166 não podiam acreditar no que tinham acabado de ouvir. Até mesmo Steve e Steve Um ficaram desconcertados, e suas poucas expressões foram demonstradas, os olhos se fechando até virarem um traço e os braços quadrados sendo agitados para cima e para baixo.

— Por favor, ancião — implorou Steve. — Ajude-os.

— Não — insistiu o velho, que sorria abertamente e balançava as pernas.

Barulhos de passos e uma voz autoritária:

— Velhote — chamou Punk-Princess166 caminhando na direção do idoso. — Nós andamos por horas para te pedir ajuda e você vai simplesmente responder "não"?! Acho que é do interesse de vocês que o Rei Vermelho seja derrotado.

— Não.

— Por que você não pode nos ajudar? — indagou o garoto.

— Não.

Arthur soltou um palavrão e virou as costas. Não estava com paciência para nada daquilo, era apenas outro beco que não levava a lugar algum. Saiu o mais rápido que pôde, andando pelo caminho no qual viera.

O Sol quadrado já estava começando a descer e o céu ganhava seus tons mais escuros. O Mundo da Superfície mostrava os últimos minutos de paz antes do caos noturno.

"Que ódio", pensou o garoto; não adiantava saber o que precisava fazer e estar incapacitado de fazê-lo. Não pela última vez, odiou o Mundo da Superfície como um todo, cada pedacinho daquele mundo blocado e cada *mob* que andava sem ser útil. Odiava os *creepers*, aranhas e Steves com igualdade, quase desejava que o tal Rei Vermelho devastasse todo aquele lugar idiota.

— Noobie! — gritou Punk-Princess166 logo atrás. — Espere um pouco. Você não pode sair da vila, vai anoitecer daqui a pouco.

— Não me importo!

— Não seja criança, temos que pensar no que vamos fazer. Quem é o irmão mais velho aqui?

Ele parou de forma abrupta e respondeu com violência:

— Você pode ficar aí decidindo o que fazer — falou. — Não posso me dar ao luxo de ter paciência. Eu odeio cada árvore e cada detalhe deste mundo. Ao contrário de você, eu não gosto daqui.

Não houve continuação daquela frase. Punk-Princess166 percorreu a distância entre eles num átimo de segundo, e um tapa atingiu o rosto de Arthur com tanta força que o barulho pôde ser ouvido de longe. Dedos quentes e esguios que atingiram sua face com intensidade, tudo tão rápido e forte que sua única reação foi a de permanecer em silêncio.

— Idiota — foi o que ela disse num tom frio e baixo. — Você não sabe nada sobre mim, não é? Nem parece que somos irmãos. Você acha que eu quero passar a minha vida aqui e nunca mais ver nossos pais? Só você pensaria esse tipo de coisa. Eu quero voltar pra casa tanto quanto você, mas sair correndo e fazer birra não é a forma mais madura de resolver as coisas.

Vários Steves se detiveram surpresos diante da cena. Arthur colocou a mão onde o golpe da garota o atingira. Sentia a pele quente e ardendo, mas não era o que mais doía; o prêmio ficava para a vergonha que sentia naquele momento. Ficou contente por a noite estar escondendo sua expressão facial. Não acreditava que havia sido insensível a ponto de imaginar que a irmã estivesse se divertindo, que nem ligasse para a família deles do outro lado de Minecraft, ou que estava tudo bem com ela.

— Me desculpe — conseguiu falar, sua voz tremendo. — Eu falei mais do que deveria.

Ela se virou de costas.

— Seria errado se eu não desculpasse um idiota, idiota.

Arthur quase pôde ouvir o sorriso dela naquelas palavras. Começou a elaborar algum tipo de resposta esperta, mas os planos precisaram ser deixados de lado. Houve um barulho horrível, algo que nenhum deles poderia descrever perfeitamente, como o grito de um animal com dor e distorções em um microfone. Um barulho tão assustador que fez com que todos os aldeões corressem para o refúgio de suas casas.

— Precisamos sair daqui, Usuários! — alguém disse.

Era o guerreiro Steve, recém-chegado. Estava com a espada erguida e em posição de combate, mas todos souberam que de nada adiantaria quando viram o que estava na entrada da vila: três metros de pura escuridão.

Erguia-se alto como um poste, braços longos e finos, olhos roxos que brilhavam como seus dentes afiados. Suas passadas eram longas e uma argola de luz vermelha brilhava em seu pescoço. A criatura olhou diretamente para o grupo e soltou mais um de seus uivos. Estava pronta para o ataque.

Foi assim, com lábios tremendo e expressão assustada, que Punk-Princess166 deixou que uma palavra se formasse:

— *Enderman*.

CAPÍTULO 9
O ATAQUE DO *ENDERMAN*

O medo assume diversas formas e encarnações, nenhuma delas agradável. Seja o medo infantil daquilo que mora no escuro, da coisa que se esconde sob a cama, das coisas que o vento sussurra num dia calmo ou do olhar que pessoas estranhas nos lançam nas ruas. Contudo, um tipo de medo é diferente: aquele que só existe diante de algo real, na frente daquilo que realmente pode machucar e levar pedaços. Foi o medo que Arthur, o Noobie Saibot, e Mallu, a Punk-Princess166 sentiram ao olhar para o gigantesco *enderman* e suas grandes garras e seus enormes dentes.

— Vamos correr — falou Arthur. — Precisamos sair daqui.

Punk-Princess166 não se mexeu.

— Não adianta nada — respondeu ela. — Ele já nos viu. Ele viu todos nós.

Arthur olhou para onde estava o monstro, no exato segundo em que viu o *enderman* desaparecer. Houve um barulho ensurdecedor, como se um chicote gigante estalasse no ar, e todas as pessoas e *mobs* cobriram os ouvidos com as mãos e viram o brilho roxo. Para muitos, foi a última coisa que viram.

— Pra onde ele foi? — gritava alguém.

— Corram para os túneis! — ordenava outro. — Se escondam nos túneis!

O *enderman* surgiu logo atrás de Arthur, sua irmã e Steve. Apenas apareceu como se sempre tivesse estado ali. Suas mãos se estenderam e pegaram um Steve qualquer na sua frente, e os longos braços atiraram a vítima contra uma casa nas proximidades. Uma explosão de pixels depois, e não havia mais rastro do Steve atacado.

— Meu braço! — foi um grito no meio de tantos. — Ele comeu meu braço!

Arthur segurou a mão de Punk-Princess166 e a puxou na direção oposta ao monstro. A vila dos Steve estava sendo massacrada, mortos e feridos se amontoando uns sobre os outros enquanto escombros desmoronavam — era como ver um ataque de monstros num filme. Todos corriam em busca de algum abrigo, mas o *enderman* era imprevisível, aparecendo e desaparecendo numa velocidade impossível. Não havia lugar seguro.

— Precisamos sair daqui — disse o guerreiro Steve. — O *enderman* não para de atacar enquanto não destrói tudo.

Punk-Princess166 tropeçou, mas logo recobrou o passo e correu com eles. Podiam ouvir o som de várias casas sendo derrubadas e os gritos de pessoas que perdiam suas moradias, vidas e entes queridos. Mas não podiam parar, eram apenas crianças, contra um monstro sem sentido e que não fazia distinções. Seus passos batiam pesados no chão, e, por um momento, Arthur pensou que conseguiriam sair da Vila de Steve ileso. Puro engano.

— Cuidado! — gritou a garota.

Primeiro veio o barulho. O som de chicote estalando. Um raio de luz roxa e o inimigo estava diante deles. Três metros de horror quadriculado e uma boca escancarada.

— Droga.

O murmúrio de Arthur foi inaudível no meio de todo aquele caos, mas seus olhos viram o *enderman* esticar o braço num soco violento que o atingiria em cheio. Não havia escapatória. Fechou os olhos e esperou pelo impacto. "Me desculpe, Mallu, me desculpe, eu não vou poder salvá-la. Não vamos voltar para casa." Uma onda de ar o atingiu e seus cabelos foram agitados, enquanto ouvia o som de algo caindo no chão com violência, bem ao lado da sua perna.

Abriu os olhos apenas para ver o Ancião Steve caído ao seu lado e coberto de machucados. Havia um sorriso em seu rosto, como se estivesse satisfeito pelo desenrolar da situação.

Arthur e Punk-Princess166 correram em auxílio ao velho, se ajoelhando enquanto Steve investia contra o monstro com sua espada.

— Por que fez isso? — questionou Punk-Princess166. — Você disse que não iria nos ajudar!

Espada se chocava contra punhos ali perto e tudo o que Arthur conseguia fazer era observar o idoso no chão. Sentia vontade de vomitar. Seu corpo estava quente, como se o sangue queimasse dentro das veias.

O velho Steve cuspiu sangue antes de responder à pergunta da garota.

— Vocês me perguntaram se... — ele precisou se esforçar. — Se eu podia ajudá-los... eu não posso. Vocês são os Usuários da profecia antiga, eu sou apenas um ancião. É a missão de vocês encontrar a espada lendária e vencer o Rei Vermelho. Usuários, vocês são a única esperança do Mundo da Superfície. Siga... siga... o Sol.

Arthur tentou sacudir o Ancião Steve, mas seu corpo já se desfazia em milhares de pixels pelo chão. O velho Steve estava morto, e o garoto se arrependia de não ter entendido o que ele quisera dizer antes. Aquilo não se tratava apenas de voltar para casa, mas também de salvar um mundo inteiro que seria destruído porque um garoto idiota queria brincar de ser rei. Ele e Punk-Princess166 eram as únicas esperanças do Mundo da Superfície. Arthur não queria ver mais ninguém se machucar. Não queria mais ver pessoas sendo feridas, humanas ou *mobs*. O Mundo da Superfície não era apenas um jogo, de alguma forma as coisas eram vivas ali. Não iria mais deixar que tudo acontecesse ao redor dele sem tomar alguma atitude.

— Ei, seu monstro idiota! — gritou enquanto se erguia. — *Enderman* porcaria, olha para mim! Não sou eu quem você quer? Eu sou um Usuário! — Arthur tentou instigá-lo.

O monstro, que tinha Steve preso em suas mãos, largou o *mob* de lado e surgiu em frente ao garoto. Estavam cara a cara, simplesmente parados um diante do outro. Nenhuma ação, nenhuma espécie de movimento... apenas uma voz.

Uma voz calma e arrastada que saiu da boca do *enderman*, mas que, definitivamente, não pertencia ao monstro.

— Boa noite, Usuário — disse a voz que saía do monstro. — Eu sou o Rei Vermelho, senhor de todo o Mundo da Superfície.

Todos ao redor pararam; a simples menção ao Rei Vermelho fazia com que todos os moradores da vila permanecessem em seus lugares. A presença do inimigo podia ser sentida claramente, ainda que apenas sua voz se manifestasse através do monstro. Ninguém teria coragem de se manifestar diante da ameaça... com exceção de uma pessoa.

— Você é só um idiota — respondeu Punk-Princes166. — Um grande e enorme idiota, do tamanho de um elefante.

Uma risada emergiu do *enderman*.

— Temos uma garota insolente aqui — disse o Rei Vermelho.

— Prazer, Punk-Princess166.

Arthur permaneceu em silêncio, imaginando quem poderia ser o garoto capaz de controlar um monstro como aquele, usando-o de marionete. Não importava; era a pessoa que tinha machucado centenas de Steves.

— Eu quero que nos deixe sair do Mundo da Superfície. Não queremos problemas.

O *enderman* mexeu a cabeça.

— Sim. Eu poderia tirá-los daqui.

— Então nos leve de volta pra casa, ou...

— Vai fazer o quê? Não há nada que possa fazer para me parar. Você viu o que um *enderman* é capaz de fazer. Eu tenho milhares em meu exército. Contudo, há uma forma de nós três ganharmos o que desejamos.

O garoto respirou fundo.

— Não acredite nele, crianças — pediu Steve do outro lado. — Ele é um mentiroso, um cão mentiroso.

Mas Arthur não deu atenção ao amigo.

— Diga o que você quer — retorquiu.

A resposta que veio de dentro do *enderman* fez com que Punk-Princess166 fizesse chover uma torrente de palavrões e Steve implorasse para que os Usuários não atendessem aquele pedido. Um tom firme e impiedoso. Não chegou a ser uma grande surpresa para o garoto, mas também não esperava que seu inimigo pudesse *realmente* pedir aquilo.

— Eu quero a espada que derrotou Herobrine — disse o Rei Vermelho. — A mesma espada que vocês pretendem usar contra mim. A única forma de usar o portal que possuo aqui é trazendo a espada até a Cidade 01 e entregando-a em minhas mãos.

A exasperação saiu de sua boca em alto e bom som, da forma mais agressiva possível.

— Como você espera que a gente encontre uma espada que nem sabemos se existe?

— Vocês são Usuários — respondeu o Rei Vermelho. — Tenho certeza de que vão fazer o seu melhor. Espero vocês na Cidade 01. Não me façam esperar demais.

Arthur deu um passo adiante, mas assim como havia aparecido, o *enderman* sumiu numa nuvem roxa, deixando para trás apenas a destruição e um número incontável de mortos e feridos. O cheiro de madeira em chamas subia aos céus e o lamento dos que haviam ficado para trás perturbava a noite.

Foi ali, no meio de todo aquele caos, que Arthur prometeu a si mesmo encontrar a Espada de Diamante, destruir o Rei Vermelho e levar ele e a irmã de volta para casa.

— Vamos encontrar a maldita espada — falou.

— E entregar ao Rei? — perguntou Steve. — Você está ficando louco?

Arthur deu de ombros.

— Não, Steve — foi sua resposta. — Nós vamos encontrar a espada e derrotar o Rei Vermelho, custe o que custar.

NOÇÕES SOBRE O MUNDO DA SUPERFÍCIE

PARTE TRÊS: ENDERMEN

Por Punk-Princess166

Se você precisa de alguém para não convidar para sua festa de aniversário, aqui vai o nome principal: *endermen*. Eles são criaturas escuras com muitos metros de altura, braços longos e olhos roxos. São tão mortais que meu único conselho em caso de *endermen*, é: CORRA PARA LONGE, EM NOME DE HEROBRINE!

Eles conseguem se transportar de um lado para o outro em segundos — alguns estudiosos afirmam que essa habilidade provém das pérolas que possuem no lugar do coração, as Pérolas Ender. Um *enderman* odeia quando você olha para ele — e acredite em mim, ele sempre sabe quando você olha. É um traço de comportamento que meus estudos nunca conseguiram solucionar.

Esses monstros são cleptomaníacos notórios (isso significa que roubam coisas das quais não precisam). É bem comum ver um *enderman* roubando blocos das casas de pessoas desavisadas. Então, se algum dia você notar que alguma parte da sua casa ou plantação sumiu, saiba que você tem um visitante por perto.

Minhas condolências.

CAPÍTULO 10
AVANTE, USUÁRIOS!

A vila de Steve ficou em estado precário após a visita do *enderman* controlado pelo Rei Vermelho. Todos os *mobs* observavam aquilo que restava de suas casas e plantações, os locais onde inúmeros Steves tinham morrido, muitos sem a menor compreensão do que estava acontecendo. Ainda levou mais de uma hora para que todos saíssem de seus esconderijos e para que os lamentos se tornassem menos audíveis. Ainda havia mais um resto da noite para ser atravessado, e qualquer Steve sabia que o luto precisava ser adiado até o nascer do Sol.

— Lembra que te falei da sorte que era não conhecer um *enderman*?

Arthur ergueu os olhos até a irmã. Ela parecia cansada, e, apesar da tentativa de humor, não havia nenhum sorriso em seu rosto. Já fazia algum tempo que o garoto estava sentado sobre os escombros da casa do Ancião Steve, pensando no sacrifício do velho *mob* e em como encontrar a espada. O guerreiro e alguns voluntários vasculhavam cada centímetro em busca de alguma pista. "Essa espada devia ser realmente poderosa", pensou, "capaz de fazer com que uma lenda surgisse em torno dela e atrair tanto a atenção do Rei Vermelho". Ele afastou os pensamentos e deixou que a irmã se sentasse ao seu lado.

— Lamento não continuar ignorante — respondeu. — Nem gosto de imaginar o que mais existe por aí.

— Você realmente não gostaria de saber, mas poderia ser pior... — ela enfiou as mãos nos bolsos e olhou para o céu. — O Mundo da Superfície é um lugar estranho, Noobie, ele não funciona da forma que a gente espera, e se quisermos sobreviver por aqui, precisamos aprender a lidar com isso.

— Você passava horas jogando Minecraft, o que podemos fazer? Alguma utilidade essas milhões de horas virtuais devem ter.

Punk-Princess166 assentiu com a cabeça.

— Eu passava horas jogando porque não tinha mais o que fazer — começou ela. — Não era como se você ou nossos pais gastassem muito tempo comigo. Você nunca precisou fazer nada, sempre foi o favorito. E eles nem ligavam pra mim. Então, sim, eu joguei bastante, mas apenas porque era como se o mundo real nem ligasse pra mim.

Arthur sentiu o rosto queimar diante das revelações da irmã, era como se tivesse falado demais sem saber muito.

— Ei! — gritou Steve, que vinha se juntar a eles. — Acho que sei o que precisamos fazer agora.

Arthur acompanhou com o olhar enquanto o guerreiro se sentava ao lado deles. Aparentava estar cansado, e seu corpo estava sujo de poeira da cabeça aos pés; carregava um rolo de papel na mão.

— Sou toda ouvidos — respondeu Punk-Princess166. — Acho que uma boa notícia é o que mais precisamos agora.

Steve desenrolou o gigantesco pergaminho que tinha em mãos e mostrou aos companheiros. Era um mapa de toda aquela região e seus arredores: a floresta onde Arthur e Punk-Princess166 tinham se encontrado, a Vila de Steve e uma região demarcada apenas como Territórios. O guerreiro apontou para um ponto dentro dos Territórios, onde uma legenda dizia: TEMPLO DA SACERDOTISA. Ficava além de um rio enorme e no topo de um morro — pelo menos era o que parecia aos olhos de Arthur.

— Como isso pode ajudar? — Arthur perguntou. — O Ancião mandou que seguíssemos o Sol, e não que fôssemos atrás do Templo da Sacerdotisa.

Steve não se deixou abater pela falta de crença dos jovens humanos, apenas sacudiu a cabeça e continuou sua explicação entusiasmada.

— O templo fica a caminho do Sol. A Sacerdotisa é uma *mob* poderosa que sabe a resposta para muitas perguntas — disse Steve. — As pessoas costumam ir até ela em busca de conselhos e sabedoria, meu jovem. Se existe alguém que pode saber onde se encontra a Espada de Herobrine, é ela. É onde precisamos ir agora.

Arthur ficou em silêncio, procurando uma alternativa e alguma forma de evitar qualquer dose de perigo desnecessário, mas cada pedaço do Mundo da Superfície parecia levar a outro perigo. Como poderiam chegar até a tal Sacerdotisa sem esbarrar em algum *creeper* ou *enderman* vagando pela noite? "Droga!", pensou. Precisava sair dali o mais rápido possível. Levantou-se e olhou para o longe, onde o Sol já começava a bater sobre as árvores e campos, um Sol tímido que parecia refletir o estado de espírito da vila e de cada Steve que tentava reconstruir sua casa.

— Acho que já sabemos o próximo passo, então — disse Punk-Princess166. — Não adianta nada ficarmos aqui, o Rei Vermelho não será vencido se ficarmos parados.

— Você está certa — respondeu Steve. — Precisamos voltar logo para a estrada e aproveitar a luz do Sol pelo maior tempo possível.

O garoto lançou um olhar para seus companheiros; concordava com eles. A única chance de derrotar o Rei Vermelho consistia em seguir *qualquer* pista, por menor que fosse. Suspirou e tomou a decisão: iriam até a Sacerdotisa e, mesmo que isso não desse em nada, continuariam seguindo até que voltassem para casa.

— Vocês estão certos — falou. — É melhor começarmos a nos preparar para sair. Eu gostaria de poder ajudar os Steves a reconstruir a vila, mas estamos sem tempo.

O trio se juntou.

— Esse é o espírito, Noobie — disse Punk-Princess166. — Acho que você finalmente está aprendendo a usar a cabeça, meus parabéns.

Arthur fez uma careta para a irmã e esfregou os olhos — os primeiros sinais de cansaço já estavam se colocando à mostra. Sacudiu a cabeça e decidiu colocar o resto do plano em ação. Não poderiam perder muito tempo ali se desejavam alcançar o templo antes do próximo anoitecer. Logo, o trio pediu auxílio a Steve Um, que cuidava dos feridos numa tenda improvisada. Ele tinha machucado a testa e o braço direito, mas estava melhor do que muitos outros.

— Ei — chamou Steve. — Como você está?

Arthur sempre achou estranha a mania que as pessoas tinham de perguntar "como vai você?" logo após uma tragédia — não havia a menor possibilidade de que a resposta fosse positiva, mas a pergunta sempre estava lá. Uma teoria que foi confirmada quando olhou para o *mob* com bandagens sujas e expressão cansada, um pixel mais dolorido do que o outro.

— O pior já passou — foi a resposta do *mob*. — A maior parte das pessoas conseguiu escapar, e nossos mortos já foram enterrados.

Houve um breve instante de silêncio.

— Lamento ouvir isso — respondeu o guerreiro. — Mas não tenha dúvida, faremos o Rei Vermelho pagar por isso.

— É a única coisa que espero — respondeu Steve Um. — Uma compensação pelo Ancião e pelas pessoas que sofreram por causa daquele tirano.

Punk-Princess166 deu um passo adiante e olhou para o homem. Tinha o rosto sério, a mão na cintura e o queixo levemente erguido.

— Sei que é um momento complicado — disse ela. — Eu realmente lamento por tudo o que aconteceu, mas precisamos da sua ajuda. Não podemos ficar aqui por muito tempo, e o Mundo da Superfície está cada vez mais perigoso. Precisamos de armas e suprimentos para viagem. Steve, você acha que conseguiriam arrumar isso pra gente?

O *mob* a encarou por um momento. Estava cansado como todos os outros, e levou um bom tempo até que pudesse dar uma resposta: um aceno afirmativo de cabeça. Sem emitir nenhum outro som, levantou-se e foi atrás dos pedidos feitos pela garota.

Os preparativos ainda levaram quase uma hora, com os aldeões reunindo doações de todas as partes — um trabalho lento, mas que resultou em comida e equipamentos. Duas espadas de madeira, algumas tochas, mochilas de pano e uma grande variedade de alimentos, como milho, bolos, cana-de-açúcar e pães. Não era muito, especialmente quando se levava em consideração as condições do lugar, mas seria o suficiente para que chegassem até a Sacerdotisa em boas condições.

— Não é muita coisa, mas é tudo o que podemos ofertar aos Usuários no momento — disse Steve Um. Uma pequena multidão havia se juntado ao redor do grupo. — Espero, para o bem de todos, que a missão de vocês seja bem-sucedida.

Arthur também esperava que a última parte fosse verdade. Não quis nem pensar no que poderia acontecer caso tudo desse errado.

— Ela será, meu irmão — respondeu o guerreiro. — Pode ter certeza.

Punk-Princess166 passou o braço por sobre o ombro de Arthur e respondeu:

— É, não se preocupe, nós vamos chutar a bunda do Rei Vermelho com tanta força que ele vai pedir desculpas em um segundo.

Foi a única vez que Steve Um pareceu sorrir; uma coisa tímida no canto dos lábios. Sem mais nada a dizer e sem nada que o trio pudesse fazer ali, trocaram um aceno de despedida. Ninguém falou nada, apenas caminharam por entre os moradores, que abriam caminho em silêncio para o bando de heróis aleatórios em quem deviam confiar para salvar suas vidas. Os Usuários e o guerreiro deram os primeiros passos para fora da vila, o Sol quadrado brilhando no ponto mais alto do céu e o mundo se abrindo diante deles — cada centímetro do Mundo da Superfície dizendo que caminhavam para dentro do maior dos perigos e em direção contrária ao que seria prudente.

CAPÍTULO 11
A CABINE TELEFÔNICA

Caminharam por mais de uma hora em silêncio. Havia apenas a planície, algumas árvores salpicadas e montanhas distantes no horizonte. Iam num ritmo apressado, mas nada que os deixasse cansados, afinal, precisavam conservar suas energias para o turno da noite.

Arthur admirava a paisagem. O Mundo da Superfície não era completamente desagradável, agora que podia contemplá-lo com mais paciência e sem perigos imediatos. Eram tantas cores e tanto espaço que a campina se estendia até perder de vista. Era um mundo silencioso e pacífico durante o dia, com um vento ameno, cada bloco em seu devido lugar. Uma parte de sua mente conseguia entender o apelo que aquele lugar tinha para a irmã, a liberdade de poder transformar todas as coisas, organizá-las de uma forma específica que faria sentido para ela e mais ninguém. Não havia seus pais gritando, nada era errado, e ainda que monstros vagassem pela noite, o controle estava em suas mãos — de forma metafórica e concreta.

Encarou a irmã. Pela primeira vez em meses notou o quanto ela havia crescido. Seu rosto estava mais fino e seus braços haviam perdido as formas rechonchudas de pouco tempo atrás. Tinha agora um corpo muito mais preparado para correr de monstros do que ele, que era desengonçado e perdia o fôlego com frequência, o clássico exemplo de alguém que entendia mais de música e desenhos japoneses que de exercícios físicos.

— Ei, bacalhau — disse ela ao notar os olhos do irmão. — Você está muito calado, aposto que está pensando em alguma coisa idiota.

Arthur deu de ombros.

— E existe algum outro tipo de pensamento? — respondeu. — Eu só estava notando como você cresceu.

Ela parou para ajeitar os cadarços dos tênis, uma coisa suja e cheia de rasgos. Arthur se lembrou de que ela estava havia mais tempo no Mundo da Superfície do que ele — os minutos a mais em que ele ficou no mundo real.

— Acontece — falou Punk-Princess166. Seu tom era despreocupado, mas seu rosto denunciava o leve desconcerto com a fala do irmão. — Eu juro que tentei evitar, mas não estava nos meus poderes, acho que nem todo mundo pode ser Peter Pan.

— O que é peterpan? — perguntou Steve, que havia se mantido quieto até então. — Alguma profissão do mundo de vocês?

— Não — respondeu a menina. — É só um garoto idiota que sequestra crianças, as coloca em perigo e usa a própria idade como desculpa para agir feito um imbecil.

Então, após um momento de silêncio, Steve concluiu:

— Acho que deve ser uma boa coisa que nem todo mundo seja que nem ele.

Os pensamentos de Arthur já desviavam para o outro lado do mundo quando sua atenção foi capturada. Não soube imediatamente do que se tratava, mas algo reluzia ao longe, uma forma que parecia alienígena no meio da campina. Cutucou o ombro da irmã e apontou naquela direção, a mais ou menos vinte metros de distância.

— O que você acha que é aquilo, Steve? — perguntou Arthur. — Não parece com nada que eu tenha visto no Mundo da Superfície até agora.

— Pode ser uma armadilha do Rei Vermelho. Muitas coisas estranhas surgiram depois que ele apareceu aqui. Criaturas e artefatos que nem começamos a entender, Usuário.

— São *mods*, Steve — respondeu Punk-Princess166. — Modificações que ele está fazendo no Mundo da Superfície.

Arthur ficou alerta e pegou a espada de madeira que havia recebido na Vila de Steve. Podia ver a peça reluzente mais próxima, o contorno mais discernível.

O garoto se perguntou se os outros ficaram tão surpresos quanto ele ao notar as linhas retas e vermelhas que constituíam uma cabine telefônica. Era parecida com aquelas famosas cabines inglesas em que turistas tiravam fotos. Eram caixas que combinariam com qualquer lugar, exceto com os pixels do Mundo da Superfície.

— Podia ser pior — resmungou a garota. — Qualquer coisa que não seja um *enderman* é lucro neste mundo.

No entanto, uma luz se acendeu dentro de sua cabeça: e se pudesse telefonar para casa usando aquilo? A cabine não era de pixels como o resto das coisas, sua origem provavelmente poderia ser traçada até o mundo dos irmãos.

Punk-Princess166 devia ter pensado a mesma coisa, pois saiu correndo em direção à cabine, Steve e Arthur logo atrás. Pensou em como ligaria para seus pais ou até para a polícia; alguém devia saber como ajudá-los, *qualquer* ajuda. Deixou que seus pés fossem o mais rápido possível, o barulho dos equipamentos sacudindo em suas costas.

— Esperem por mim, Usuários! — gritou o *mob*. — Isso pode ser uma armadilha.

Arthur não ligou para o conselho do amigo, apenas se espremeu dentro da cabine com a irmã. Ela segurava o fone numa mão e discava aquilo que Arthur reconheceu como o número de casa. O garoto colou o ouvido perto do telefone para tentar escutar qualquer coisa, por menor que fosse. Podia ouvir alguns cliques, um longo silêncio. Então, uma voz feminina fez com que os dois saltassem em êxtase, mas o sentimento foi substituído assim que as primeiras palavras puderam ser compreendidas: "Desculpe, sua chamada não pode ser completada. Por favor, tente mais tarde". A mensagem foi sendo repetida de novo e de novo, apenas aquele tom monótono que se estendia como um mantra.

— Isso não funciona — concluiu Arthur. — Nada funciona por aqui.

Os irmãos fizeram inúmeras tentativas nas mais diferentes combinações — todos os prefixos, códigos de área, números de emergências e até mesmo o do restaurante chinês que ficava na esquina do prédio onde moravam. Todas as opções recebiam a mesma resposta na voz clara e inflexível da mulher sem rosto, apenas mais uma das coisas irritantes do Mundo da Superfície. Arthur deu um soco no vidro da cabine e saiu dali, deixando uma rachadura e a irmã para trás.

— Conseguiu alguma coisa? — questionou Steve.

— Apenas perder meu tempo — a irritação do garoto nem era disfarçada, deixou que todo seu desgosto ficasse à mostra. — Nada por aqui faz sentido, eu odeio este lugar! Eu odeio o fato de ter encontrado aquele maldito disquete.

O *mob* colocou a mão quadrada sobre seu ombro, um toque leve e amigo, apesar da pesada manopla de metal que a cobria.

— Você não pode se desesperar, Usuário. Todos os problemas possuem uma solução, até mesmo o pior deles. Acredite em mim, já estive em muitas guerras e perigos para saber disso.

Suspirou, um pouco mais leve após ter extravasado a raiva.

— Eu sei, Steve, mas é difícil quando nada faz sentido. Toda vez que pensamos estar perto de uma resposta tudo se confunde ainda mais.

O guerreiro sorriu e olhou para o lado. PunkPrincess166 vinha em passos lentos e também parecia ter desistido do equipamento telefônico. Coçava a cabeça — um sinal costumeiro de irritação, ainda que não falasse coisa alguma — e chutava as pedrinhas no chão. Ela ajeitou seus equipamentos nas costas e se juntou ao resto do grupo. Não havia nada que pudessem fazer além de dar continuidade ao caminho, em busca de um templo que poderia ser apenas mais um beco sem saída.

— Vamos embora — disse a garota. — É só um telefone idiota.

Arthur assentiu com a cabeça e deu o primeiro passo. Concordava com a irmã, aquilo era apenas um telefone idiota. Não era como se alguma coisa fizesse sentido ali, tudo que precisavam era encontrar a tal Espada de Herobrine e sair daquele mundo. Se a arma era tão poderosa assim, derrotariam o Rei Vermelho com ela e voltariam ao mundo real. Estava no meio de seus devaneios quando algo o acordou; um som leve, mas que crescia, como um sino, ou melhor, como um telefone tocando...

— Usuários! — chamou Steve.

— Estou ouvindo — respondeu. — Estou ouvindo!

O trio olhou diretamente para a cabine onde um telefone tocava sem parar. Não houve nem um segundo de espera: dispararam até a cabine, o barulho de armaduras e equipamentos se chocando. Passos batendo com força no chão e poeira sendo levantada como se uma manada de elefantes se movimentasse de forma súbita.

— Rápido! — gritou Punk-Princess166.

Arthur foi o primeiro a entrar, e seus dedos seguraram o fone como se fosse uma garra, com tanta força que suas veias se tornaram visíveis. Colocou aquilo no ouvido e esperou em silêncio, o coração batendo forte e a respiração ofegante. Então, do outro lado, uma voz sussurrada disse cinco palavras que o fizeram saltar:

— Você já viu o Herobrine?

Arthur olhou para a irmã e o *mob*.

— Quem está falando?

Ignorando completamente a pergunta do garoto, a voz continuou a falar, sem pausas, como uma música ficando mais alta.

— Herobrine está aqui. Ele quer sua espada. Herobrine está aqui. Herobrine está morto. Herobrine está aqui. Você já viu o Herobrine? Em sua casa no Nether, o morto Herobrine aguarda sonhando.

— Alô?

Então, com um estalo, a voz se calou, e o telefone voltou a repetir a primeira mensagem: "Desculpe, sua chamada não pode ser completada. Por favor, tente mais tarde". Nenhuma outra tentativa deu resultado — a única coisa que sabiam era que havia mais peças no tabuleiro do que o trio e o Rei Vermelho imaginavam. Alguém dentro do abismo buscava contato, como um braço que surge lentamente do escuro para capturar algum distraído. As trevas tentavam fazer contato, trevas sem nome e que serviam a um senhor perigoso, ainda que adormecido.

— O que aconteceu? — indagou Punk-Princess166.

Arthur não respondeu. Talvez, pensou, Herobrine não estivesse tão morto quanto as pessoas pareciam acreditar. O simples pensamento o fez tremer, um tipo de pressentimento que fazia sua esperança vacilar.

NOÇÕES SOBRE O MUNDO DA SUPERFÍCIE

PARTE QUATRO: PEDRAS VERMELHAS

Por Punk-Princess166

As Pedras Vermelhas são minhas coisas favoritas no Mundo da Superfície — ou pelo menos eram, antes de o tal Príncipe Cor de Cereja destruir a graça delas para mim. Elas funcionam como energia elétrica no mundo digital e podem fazer trens e até mesmo máquinas mais complexas funcionarem. Aumentam as possibilidades de criação de uma pessoa até níveis quase infinitos.

Pense da seguinte forma: se você quiser um submarino ou um tanque de guerra, são das Pedras Vermelhas que você precisará para fazer com que tudo funcione. A parte mais legal é que se trata de uma fonte de energia sustentável que não polui o mundo nem destrói o ar que você respira. Eu gostaria muito que as Pedras Vermelhas existissem no mundo real, quem sabe assim as coisas seriam menos horríveis para o meio ambiente.

Foi justamente por saber quão valiosas as Pedras Vermelhas eram que o Rei Vermelho se empenhou em minar a maior quantidade possível delas e ainda roubar as que pessoas comuns possuíam. O cara é um grande idiota.

CAPÍTULO 12
NA ESTRADA

A caminhada prosseguiu em alguns minutos. Todos ficaram ligeiramente desconcertados depois de escutar o que Arthur tinha a dizer; uma história que seus companheiros de viagem acompanharam com a maior atenção e cheios de dúvidas. Steve, principalmente, pediu que cada palavra fosse repetida, e cada frase que saiu do outro lado da linha precisou ser esmiuçada e analisada.

— Vocês não entendem — disse ele. Sua voz era rouca e parecia vir de um ponto distante. — Isso é muito maior do que o Rei Vermelho e alguns *creepers* causando destruição. Eu cresci ouvindo histórias sobre o Herobrine. O Mundo da Superfície só existe por acaso, pela sorte de Herobrine estar adormecido.

Arthur olhou para o alto e viu que já estava próximo do fim da tarde. Precisavam encontrar um abrigo antes que a noite chegasse e monstros começassem a surgir. Enquanto caminhavam, Punk-Princess166 tentou acalmar o *mob*:

— Pode ser apenas um defeito — disse ela. — Um truque do Rei Vermelho para assustar as pessoas. Todo mundo já ouviu histórias sobre o Herobrine no lugar de onde vim, mas nunca conheci ao menos *um* jogador que o tivesse visto.

— O Mundo da Superfície não é um jogo — respondeu Steve. — Assim como o Herobrine não é apenas uma lenda. Ele existe.

Arthur olhou para o guerreiro. Podia ver o medo estampado em seu rosto, muito maior do que em qualquer momento anterior, mesmo diante do *enderman* ou lutando contra aranhas na floresta. Steve estava assustado como se o próprio monstro das lendas estivesse diante dos seus olhos. Talvez o telefonema fosse um aviso, um sinal para que se alertassem ao fato de que procurar a Espada de Herobrine talvez não fosse o caminho certo, de que deveriam parar antes que fosse tarde demais e soltassem uma ameaça muito maior do que qualquer rei com ambições de conquista.

— O que sugere, Steve? — perguntou. — Não podemos voltar agora. Eu e Mallu nunca voltaremos para casa se não encontrarmos a espada e derrotarmos o Rei Vermelho. Sabíamos que seria arriscado desde o início.

— Nada é mais importante que impedir o retorno do Herobrine.

— Voltar pra minha casa é.

Arthur decidiu que não continuaria aquela conversa, apenas virou as costas e continuou sua caminhada.

— Ei, você não pode andar como se nada tivesse acontecido — falou o guerreiro, sumariamente ignorado.

A irmã adicionou ao coro:

— Ei, Noobie, espere por nós.

Sabia que Steve tinha ficado bravo com aquela resposta, fosse pelos resmungos do guerreiro ou pelo silêncio que se aninhou entre eles logo em seguida, mas o fato era que Arthur estava decidido. Depois de tudo que já havia ouvido sobre o tal Herobrine, era natural que sentisse medo, mas estava disposto a fazer qualquer coisa para sair daquele mundo. Mesmo que fosse necessário acordar o mais terrível dos monstros e lutar contra ele usando uma espada de madeira. Não gostava de pensar que poderia despertar um monstro, principalmente quando já tinha aprendido a apreciar de verdade seu novo amigo e todos da vila, que fizeram tudo que podiam para ajudar os Usuários. Odiaria ser o responsável por trazer uma criatura que mataria a todos, mas não poderia desistir sem ao menos tentar. Precisava fazer tudo que fosse possível.

— Acho que você pegou pesado com o Steve — comentou a irmã ao ver que o *mob* estava distante o bastante para não escutar a conversa. — Eu quero voltar pra casa tanto quanto você, mas este é o mundo dele e de vários outros que moram aqui.

Arthur enfiou as mãos nos bolsos, incomodado com toda aquela situação.

— Eu sei, mas podemos ajudá-los quando chegarmos em casa — respondeu. — Se estamos dentro de um jogo, podemos fazer alguma coisa quanto a isso: reprogramar o jogo ou coisa do tipo, talvez até mesmo apagar o Rei Vermelho apertando algumas teclas.

Ela balançou a cabeça negativamente; estava sorrindo, mas Arthur sabia que tinha mais a ver com o fato de ela o achar idiota do que com alguma fala engraçada sua.

— Você realmente não entendeu, não é?

— O quê?

— Isso aqui não é apenas um jogo — disse ela. — O que acontece aqui é real, todos os moradores são reais. Olhe para Steve e os outros que encontramos até agora; eles são complexos e cheios de desenvoltura, sofrem e morrem. Se você morre no jogo, você surge em outro lugar, mas não é o que vi aqui. Existem diferenças entre este Mundo da Superfície e aquele que eu conheço. É como se tivéssemos saído da cópia de carbono que era o mundo do meu jogo e caído no mundo original.

O Sol já descia, deixando um alaranjado tomar seu lugar no céu. De acordo com seus cálculos, ainda havia mais ou menos uma hora de luz, mas precisariam se apressar se quisessem alcançar o templo antes do anoitecer.

— Você quer dizer que não estamos dentro do jogo, mas em uma espécie de universo alternativo? — perguntou o garoto, que ficava mais confuso a cada minuto.

Sua irmã passou o braço direito sobre seu ombro, o tipo de proximidade que nunca exibiriam em casa ou em qualquer cenário que não envolvesse risco de morte.

— Sim, pense nisso — respondeu ela. — Se existem milhares de universos paralelos, pode muito bem existir um em que o Mundo da Superfície e o Nether são reais. Onde Steve é tão humano quanto a gente.

Apesar da estranheza do conceito, Arthur se obrigou a seguir aquela linha de raciocínio, ponderando a possibilidade de estar do outro lado do espelho, naquele País das Maravilhas que não tinha um coelho branco de guia, mas várias rainhas que fariam de tudo para arrancar sua cabeça.

— De onde você tirou isso? — perguntou, intrigado.

Punk-Princess166 ergueu o queixo e respondeu, cheia de si:

— Eu, ao contrário de você, gosto de saber das coisas — ela ajeitou o cabelo antes de continuar a falar. — Na verdade, é porque li o Stephen Hawking dizendo que em algum universo alternativo existe a possibilidade de que o Zayn ainda faça parte do One Direction.

— Então, quer dizer que toda a sua teoria é sustentada com base na piada de um cientista sobre uma *boy band*?

A garota deu de ombros; estava descontraída, e seu humor parecia ter sofrido uma melhora nos últimos minutos.

— É uma explicação melhor do que explicação nenhuma — disse ela. — Ei, pode até ser que exista uma *boy band* do Mundo da Superfície: os *Backstreet Mobs* ou o *Creep Direction*. Acredite em mim, seria um estrondo.

— Por favor, por favor, por favor — pediu Arthur. — Nunca mais conte uma piada assim, eu senti metade do meu cérebro morrendo depois dessa.

Punk-Princess166 deu uma risada e começou a falar, mas foi interrompida pelo assovio de Steve — ainda incomodado demais com os irmãos para usar uma frase longa e composta de letras e sílabas. Em sua opinião, imaginou Arthur, um assovio era mais do que mereciam.

— Acho que estamos com sorte — disse a irmã. — Steve encontrou um abrigo.

No lugar para onde o guerreiro apontava se encontrava uma pequena construção feita de pedra, pouco mais de cinco metros para cada lado e com apenas uma minúscula janela, sendo uma porta de madeira sua única entrada.

Estava tão distraído conversando com a irmã, que nem percebeu aquela forma na planície — um pequeno esconderijo que poderiam usar durante a noite que já cobria os céus. O Sol dando lugar à Lua quadrada, solitária lá no alto sem sequer uma estrela para fazer companhia.

— Você acha que é seguro, Steve? — perguntou.

— Mais seguro do que acordar o Herobrine — foi a resposta do guerreiro. — Não acho que alguma coisa ali dentro possa destruir o mundo.

— Você está sendo infantil.

Steve não respondeu, apenas continuou dando as costas ao garoto e abriu a porta da casa.

Um cheiro abafado de mofo foi o comitê de boas vindas do trio, o sinal de que ninguém habitava aquele cubículo havia muitos anos.

O quarto vazio, sem cama, mesa ou cadeira, apenas paredes lisas feitas de paralelepípedos escuros. PunkPrincess166 tirou uma tocha e fósforos da mochila de suprimentos, fazendo com que a luz irradiasse por todo o espaço. Um brilho que os cegou momentaneamente, mas que também serviu para que uma mensagem em letras carmesim surgisse no alto de uma das paredes: AQUI MORA O REI VERMELHO.

CAPÍTULO 13

EU TE SEGUIREI PARA DENTRO DA ESCURIDÃO

Arthur já tinha lido numa revista que o cérebro humano leva treze milissegundos para ver uma imagem e interpretá-la, criando um sentido a partir dela. Contudo, o garoto também acreditava que em alguns momentos, situações muito especiais ou muito aterrorizantes, a mente levava bem mais do que isso para processar as coisas, para acreditar naquilo que se escondia em vista plena. Como, por exemplo, o fato de que estavam na casa do Rei Vermelho. Ficaram parados durante um longo momento, apreciando o quartinho mofado como se estivessem vendo um reino perdido como Kubla Khan. Até mesmo Steve deixou seu incômodo de lado e voltou a se aproximar dos irmãos.

— Acho que precisamos encontrar outro lugar para dormir — disse o guerreiro. — Precisamos sair daqui antes que ele apareça.

Punk-Princess166 fez um gesto negativo com o indicador, andava de um lado para o outro analisando cada pedaço daquele espaço.

— Ele não vai voltar aqui — foi a resposta dela. — Estamos numa primeira casa, ele provavelmente teve um ponto de origem próximo daqui.

— Ponto de origem? — indagou Arthur. — Preciso que se lembre de que não conheço nada por aqui como vocês.

Barulhos começaram a ser ouvidos do lado de fora. Sons de criaturas que Arthur não conhecia e outros bem conhecidos, como o estrondo da explosão de um *creeper*. Olhou para a irmã, que acabava de encaixar a tocha num buraco na parede.

— E eu preciso que comece a me acompanhar, Noobie — ela começou a dizer. — O ponto de origem é o lugar onde você surge no jogo pela primeira vez, o lugar onde você "nasce", desova. Jogadores novatos costumam construir suas casas perto do ponto de origem, fazem isso para sobreviver à primeira noite no Mundo da Superfície. Eles se tornam mais ousados depois disso e começam a sair para construir minas e encontrar coisas.

Foi a vez de Steve fazer uma pergunta; ele observava o movimento do mundo exterior pela janela, batendo o pé no chão como se marcasse o tempo de uma música invisível.

— Então quer dizer que alguém tão ruim e que dominou metade do mundo começou aqui, nesse casebre perto da minha vila?

— Provavelmente sim, Steve — respondeu a garota. — Provavelmente sim. Mas, como podemos ver pela mensagem na parede, ele sempre foi ambicioso. Um garoto idiota que se acha o dono do mundo por ser um garoto idiota. São como os jogadores do meu mundo que se interessam mais em destruir as coisas das outras pessoas do que em construir as delas.

Arthur viu um momento de irritação na expressão da irmã, como se estivesse falando mais de alguma coisa pessoal do que especificamente do Rei Vermelho. Não tinha muito contato com ela quando estavam em casa, mas se lembrava de uma época em que garotos da escola faziam piadas por causa de sua aparência, mandavam mensagens ofensivas pelo celular e coisas do tipo. A mãe precisou ir na escola e, por fim, acabaram transferindo a garota para outro lugar. Assim como acontece com a maioria dos irmãos, isso foi pouco registrado na mente de Arthur, que estava mais preocupado com o disco novo do Deafheaven, mas agora percebia que algo se escondia sob as ondas de piadas e ironias.

— Acho que encontrei uma coisa aqui — disse Steve, quebrando a linha de pensamento do garoto. — Notei, enquanto batia o pé no chão, um barulho oco. Parece ser uma...

O guerreiro estava ajoelhado pouco abaixo da janela solitária, avaliava o chão e batia com a mão quadrada, ouvindo o eco que vinha em resposta. Ele pegou uma picareta de pedra, bateu contra aquela parte do piso e repetiu a ação mais quatro ou cinco vezes até que parte do chão se transformasse em pó e desaparecesse. Steve abriu caminho e deixou que Arthur e Punk-Princess166 vissem a descoberta feita pelo *mob*. Uma escada de madeira escuridão adentro, nenhum som, nenhum vestígio de luz.

— O que você acha que tem lá embaixo? — perguntou Arthur.

— Minas — foi a resposta da irmã. — Ele provavelmente minou túneis lá embaixo e retirou itens enquanto morava aqui.

— Acho que deveríamos descer até lá — disse Steve. — Talvez possamos descobrir alguma informação útil. Alguma coisa que nos ajude a entender o inimigo.

Arthur assentiu e pegou a tocha na parede, dando o primeiro passo para dentro. Steve e Punk-Princess166 vieram logo depois: cada um deles acendeu uma tocha, e o túnel ficou levemente mais aceitável depois disso, tornando possível que Arthur vislumbrasse o caminho adiante. Era uma linha que ia até perder de vista, somente parede cinza e nenhum sinal de vida — o que não se caracterizava como algo ruim naquele momento.

— Minas — disse a garota. — Exatamente como pensei. Bem, acho melhor começarmos a andar, quem sabe ele não deixou alguma arma ou comida pra trás.

— Se tiver alguma coisa comestível aqui — começou Arthur —, pode ter certeza que já passou da validade.

— Comida não tem prazo de validade no Mundo da Superfície, Noobie. A menos que seja carne de zumbi — que já vem podre de fábrica.

Arthur balançou a cabeça e continuou a andar, seus passos fazendo barulho naquele túnel longo e deserto.

Aquele lugar fazia com que sua claustrofobia ficasse ainda pior, tornando sua respiração mais difícil e fazendo com que suas mãos tremessem e ele sentisse o pânico invadir a mente como as águas de uma barragem quebrada. Respirou fundo e tentou controlar a ansiedade. Não podia ter um ataque de nervos e causar problemas para o resto do grupo; a situação era delicada e haveria tempo para desespero mais tarde. Futuramente, talvez, nas consultas com um psicólogo que o ajudaria a superar todos os traumas de ter pisado naquele mundo.

— Fiquem atentos — disse Steve. — Monstros costumam desovar em túneis sem iluminação. Pode haver um *creeper* ou uma aranha em qualquer lugar.

— Muito obrigado, Steve — respondeu Arthur. — Não é como se eu já não estivesse com medo o suficiente.

— Você está sempre com medo, irmãozinho.

— E se você não fosse completamente louca, também estaria com medo. O medo é um alerta de segurança da natureza, Mallu. Uma forma de ela nos dizer "não morra de forma estúpida".

Seguiram numa linha reta por mais de vinte minutos, até que chegaram numa curva para a esquerda. Dali em diante o caminho descia centenas de degraus para baixo. Arthur imaginou o quanto de trabalho tinha sido posto naquilo, quantas horas o Rei Vermelho havia gastado ali, sozinho na escuridão. Sacudiu a cabeça e continuou descendo, o caminho se tornando mais tortuoso, com curvas, partes desmoronadas e equipamentos abandonados — picaretas e pás que haviam se quebrado pelo uso. PunkPrincess166 explicou que as pessoas cavavam em busca de metais preciosos e minerais; quanto mais abaixo, mais recompensas e perigos.

— Poderia ser pior, Usuários — falou Steve. — O Rei Vermelho não criou um labirinto aqui. Eu me lembro de quando um Steve cavou tanto e em tantas direções, que acabou se perdendo.

— O que aconteceu com ele? — indagou Arthur.

Steve coçou a cabeça antes de responder.

— Nada de mais, ele morreu. O que acabou sendo uma coisa boa, porque seus bens foram repartidos e eu estava realmente precisando de cana-de-açúcar para fazer um bolo.

— Que falta de sensibilidade, Steve — respondeu Punk-Princess166.

— Não era como se ele fosse precisar. E não podemos esquecer que a crise encareceu o preço de tudo no Mundo da Superfície. Maldito Rei Vermelho, antes dele eu conseguia trocar duas galinhas por um bolo inteiro, agora precisamos de muito mais do que isso para um aldeão pensar em nos dar um bolo.

— Pense pelo lado positivo — respondeu a garota. — Açúcar em excesso faz mal.

O garoto fez um lembrete mental para nunca confiar no guerreiro caso se perdesse num túnel, afinal, não possuía nem mesmo cana-de-açúcar para deixar de espólio em caso de morte; seu tênis vermelho, talvez, mas não muito mais que isso.

Foi nesse momento que Arthur parou de andar, fazendo com que a irmã trombasse no guerreiro e derrubasse uma das tochas. Estavam tão entretidos com a conversa que mal notaram onde estavam.

— Acho que encontramos alguma coisa — falou. — Nossa saída daqui.

Uma sala enorme se erguia diante deles, com paredes altas e da cor de chumbo como o resto ao redor, mas havia algo de diferente: um carrinho de mina estava ali, sobre trilhos vermelhos que iam para dentro do próximo túnel, grande o suficiente para dois humanos e um *mob*. Desde quando havia posto os pés no Mundo da Superfície, aquele poderia ter sido seu primeiro momento de sorte. Olhou mais uma vez para a placa na traseira do vagão.

Trem: 01

Destino: Templo.

— Kawabanga — murmurou Punk-Princess166.

Arthur estava certo! Ali estava a saída daquela casa e daqueles túneis. A carona que precisavam para chegar até o templo, uma oportunidade para ganhar tempo e descansar os pés, pensou. O único problema — o que era realmente uma pena — era o fato de que o lugar estava apinhado de zumbis cujos olhos vermelhos brilhavam cheios das mais horríveis intenções.

CAPÍTULO 14

ARTHUR DE LOS MUERTOS

Zumbis: criaturas mortas, semidecompostas, sem inteligência, dentes podres, sedentas por cérebros, quadradas e verdes — ao menos eram assim no Mundo da Superfície. Os zumbis viram o trio logo no primeiro segundo. As dezenas de olhos vermelhos se viraram rapidamente, e passos foram direcionados ao grupo.

— Algum plano, Mallu?

— Não morrer conta como um plano?

— Não agora.

— Então, não.

Steve tirou a espada e ajeitou o elmo. PunkPrincess166 e Arthur também pegaram suas espadas — de madeira, mas ainda assim, melhor do que nada — e se uniram ao guerreiro. Por mais que pensasse em sair correndo dali, e subir todo o caminho até a casinha lá no alto, Arthur sabia que estavam cansados demais para isso, sendo mais provável que fossem pegos pela horda muito antes de conseguirem chegar ao lugar de onde saíram.

A única solução era realmente alcançar o carrinho de mineração e chegar até o templo; somente dessa forma poderiam chegar mais perto da Espada de Herobrine.

— Precisamos entrar naquele carrinho — disse Arthur. — De qualquer forma, é nossa melhor chance de chegar até o templo.

— Não sei se você notou, mas tem uma penca de zumbis na nossa frente — respondeu sua irmã. — E você não vai gostar de saber o que eles querem fazer com a gente.

Arthur fez um sinal para que Steve e Punk-Princess166 continuassem a andar. Os zumbis avançavam com seus braços esticados, fazendo com que Arthur se lembrasse das múmias ressuscitadas dos filmes antigos de Hollywood. Vinham grunhindo e se aproximando do grupo a passos lentos.

— Não precisamos derrotar cada um deles, apenas abrir caminho — respondeu. — Steve, quão bom você é com essa espada?

O *mob* sorriu.

— O melhor que já existiu. Não sei se contei, mas já fui um aventureiro como vocês, até que...

— Levou uma flechada no joelho — completou Punk-Princess166. — Sim, já conhecemos a história.

Arthur tinha uma ideia — que esperava ser boa o suficiente para não matá-los — e a colocou em prática em um segundo. Pegou sua tocha e a sacudiu bem alto, gritando todo tipo de ofensa contra as criaturas verdes.

— Ei, abacates podres! — gritou. — Eu sou muito mais gostoso do que aqueles dois. Promoção por tempo limitado.

A atenção dos zumbis se virou para ele, olhos vorazes que o seguiam com precisão. Arthur foi caminhando para o outro lado da sala, na esperança de que os zumbis realmente funcionassem como uma manada — pelo menos foi o que aprendeu assistindo *The Walking Dead*, *Todo Mundo Quase Morto*, *Z Nation* e *Juan de Los Muertos*. Torceu para que os filmes de zumbi fossem acurados.

— O que você está fazendo, Usuário?

— Salvando nossos traseiros! — gritou. — Agora, corram até o carrinho, vou estar logo atrás!

Ergueu a tocha o mais alto que pôde e a sacudiu de um lado para o outro, usando a mão livre para bater com a espada de madeira contra a parede. Um a um os zumbis começaram a caminhar, atraídos pelo som e pelo brilho. Punk-Princess166 havia contado, certa vez, que os monstros do Mundo da Superfície temiam a luz, mas aqueles monstros pareciam estar mais curiosos com o invasor do que assustados por causa de uma única tocha.

— Corram!

— Não vamos te deixar para trás! — sua irmã respondeu.

— Já estou indo, mas vocês precisam entrar naquele carrinho AGORA!

Arthur continuou com a estratégia de distração enquanto Punk-Princess166 e o guerreiro cruzavam a sala em direção ao carrinho. Os dois matavam alguns zumbis pelo caminho, mas assim como o garoto havia pensado, os zumbis tinham uma mentalidade de colmeia e seguiam uns aos outros sem pensar muito no que acontecia.

— Arthur, vem agora! — gritava a garota.

Podia ver aqueles rostos cada vez mais próximos, sentir o cheiro de decomposição que se desprendia deles e ouvir claramente os grunhidos.

Estavam mais perto do que deviam.

Perto demais.

Arthur precisava correr para o carrinho imediatamente, caso contrário ficaria preso e se tornaria lanche de zumbi. Tomou a espada e disparou numa corrida. Alguns monstros já estavam bem próximos, mas foram repelidos por golpes de tocha. Arthur não era o melhor dos guerreiros, mas seus ataques desastrados serviram para abrir o caminho necessário. Empurrou um aqui e outro ali, golpes que continham todo seu medo e sua raiva por estar naquela situação.

— Droga — murmurou.

Podia ver o carrinho onde Steve e Punk-Princess166 já tinham se aninhado, esperando ansiosos a chegada do último passageiro.

Arthur tentou colocar um pouco mais de velocidade na corrida, mas o universo tinha outros planos. Planos que vieram na forma de um pé escorregando no chão liso e um garoto rolando no chão. Houve uma explosão de dor na sua cabeça, e ele sentiu um líquido quente escorrendo pela testa: um filete de sangue.

Tentou se levantar, mas a dor em seu pé o fez gritar — era uma das piores dores que já sentira na vida. Alguns zumbis estavam a menos de três passos de distância e suas mãos ficavam mais evidentes. Arthur fechou os olhos e tentou aceitar o fato de que seria morto e transformado em um zumbi — esse foi o momento em que disse todos os palavrões que o fariam ficar de castigo em casa.

Os passos dos zumbis eram audíveis a sua volta enquanto eles faziam um círculo. Sentiu uma mão em suas costas, dedos quadrados que puxaram sua camisa. "Eles chegaram", pensou, "já me pegaram". Lamentou que não pudesse mais ajudar a irmã a voltar para casa, que morreria ali naquele mundo, longe dos amigos e da família. Estava no meio do seu sarau de autocomiseração quando notou que estava levando mais tempo do que deveria para ser mordido.

Abriu os olhos devagar, um de cada vez, apenas para ver Steve lutando contra os monstros e fazendo uso da espada de uma forma que Arthur nunca seria capaz de imitar. O *mob* distribuía golpes com maestria, e vários inimigos tombavam sem chance de revidar. Steve ajudou o Usuário a ficar de pé e deixou que se apoiasse em seus ombros quadrados para saltitar até o carrinho de mina. Não era a mais alta das velocidades, mas serviu para que chegassem até lá.

— Muito obrigado, Steve — falou enquanto o *mob* e Punk-Princess166 o ajudavam a subir. — Você salvou minha vida.

O guerreiro sorriu:

— Sou um guerreiro, é a minha...

Steve não concluiu a frase. Em vez disso, gritou de dor. Arthur olhou para baixo e viu a criatura que havia enterrado seus dentes na perna do guerreiro: um bebê zumbi pequeno o bastante para ter sido ignorado e com os dentes necessários para encontrar o único pedaço desprotegido do conjunto de metal.

O pequeno monstro se agarrava com os dois braços na perna de sua vítima e só desapareceu quando Steve separou sua cabeça dos ombros com um golpe rápido. Arthur e Punk-Princess166 não souberam o que dizer, apenas permaneceram ali com os olhos arregalados de susto e incapazes de formar uma frase coerente.

— Acho que não é o meu dia de sorte — comentou o guerreiro. — Vocês precisam seguir sem mim, seguir até o templo.

— Não vamos te deixar para trás — respondeu Arthur. — Você é nosso amigo!

— Podemos te ajudar a encontrar uma cura — respondeu Punk-Princess166. — Uma poção de enfraquecimento e uma maçã dourada, é tudo que precisamos.

Steve sorriu. Apesar de tudo, parecia em paz, como se aquilo fosse algo para o qual já estivesse preparado há muito tempo. Ele matou outros dois zumbis que se aproximavam e começou a empurrar o carrinho com o ombro, fazendo as rodinhas abaixo começarem a se mover.

— Fico feliz em ouvir isso, Usuário, mas também sou uma ameaça, e o tempo é curto — respondeu ele. — Não existe mais saída. Fui mordido, a transformação vai começar em breve. Se quiserem realmente me honrar, continuem a lutar contra o Rei Vermelho e me prometam que Herobrine nunca será despertado. Salvem-se!

— Steve, não faça isso! — gritou o garoto.

Arthur e a irmã tentaram protestar além, mas as rodinhas giravam e o carrinho começava a pegar embalo para dentro do próximo túnel. A velocidade crescente os levando para longe, os trilhos sacudindo com o movimento. Os irmãos deram uma última olhada para trás e a última visão que tiveram do guerreiro foi a de uma boa pessoa sendo engolfada por uma multidão verde.

NOÇÕES SOBRE O MUNDO DA SUPERFÍCIE

PARTE CINCO: MORTE

Por Punk-Princess166

Quando eu era apenas uma jogadora, do outro lado do computador e sentada numa cadeira, eu não me importava com a morte. Afinal, bastava apertar o botão de começar e "eu" apareceria no meu ponto de origem. Uma das lições mais dolorosas que aprendi no Mundo da Superfície foi a de que não existe botão de reinício aqui. As pessoas simplesmente morrem e não voltam mais. Apenas o fim.

CAPÍTULO 15

O OUTRO LADO DA ESCURIDÃO

A perda é algo que atinge as pessoas de diferentes formas; algumas costumam gritar, chorar e desmaiar. Contudo, para pessoas levadas até a água mais calma, existe apenas o silêncio, o choque que se remexe no fundo e impede que qualquer som se manifeste.

Os irmãos estavam assim, encostados um no outro enquanto o carrinho seguia nos trilhos, impulsionado por uma força invisível. Não havia nada que pudessem ou quisessem falar. Steve havia morrido e parte da culpa era deles, por terem colocado o guerreiro no meio de toda a confusão. Assim como havia acontecido durante o ataque do *enderman* na vila, mais uma pessoa havia morrido por ter se associado aos irmãos. Por terem se conectado naquela busca que poderia não dar em nada, que poderia muito bem nunca levá-los de volta para casa.

— Deveríamos ter voltado — disse Arthur, algumas lágrimas ameaçando cair de seus olhos. — Poderíamos ter saltado do carrinho.

Punk-Princess166 balançou a cabeça de um lado para o outro, a expressão também chorosa, embora o irmão pudesse ver que ela se esforçava bem mais que ele para esconder isso.

— Não poderíamos ter feito nada, Arthur — ela respondeu. — Steve devia saber disso quando foi mordido. A única coisa que podemos fazer agora é continuar nosso caminho e fazer o que é certo. Só assim poderemos voltar aqui um dia com a cura para ele, mas esta é nossa única opção: seguir adiante.

Arthur suspirou e voltou os olhos para o caminho que seguiam, por dentro daquele túnel onde as paredes cintilavam com pedras em diversos momentos. O pouco que podiam ver um do outro e do ambiente ao redor vinha das tochas que ainda queimavam nas paredes dos túneis — mais uma coisa que o garoto nunca entenderia sobre aquele mundo: o fogo que nunca apagaria se intocado e as árvores que continuariam de pé mesmo se alguém cortasse a metade de baixo, apenas flutuando sem lógica.

Sua irmã estava certa, foi provavelmente ali que o Rei Vermelho começou sua ambição, cavando aquelas pedras preciosas e criando seu império, um bloco de cada vez. Apesar do luto que sentia naquele momento, o garoto não deixava de se impressionar com o tempo que o dono daquilo havia gastado para fazer aqueles túneis e cada uma daquelas curvas.

— Nós vamos encontrar uma saída, Noobie — disse a irmã. — Tenho certeza disso. Uma poção de enfraquecimento e uma maçã dourada... Quando tivermos isso, poderemos salvar Steve.

— Espero que sim.

Foram seguindo, ouvindo apenas o barulho das rodas contra o trilho, rolando cada vez mais para dentro da escuridão. O trem fez um grande mergulho e pegou impulso para a subida que vinha logo depois, alta como um prédio. Era como estar na montanha-russa mais perigosa que já existiu.

— Eu realmente gostaria de saber como este carrinho consegue andar. Não vi nenhum motor ou coisa do tipo, Mallu.

Punk-Princess166 explicou que o construtor daquilo provavelmente havia utilizado uma rocha vermelha — a versão de energia elétrica do Mundo da Superfície — para energizar o carrinho, tirando provavelmente daquele mineral a alcunha pela qual seria conhecido no resto do mundo. O carrinho foi subindo e subindo. Sacudia com força, fazendo Arthur acreditar que tombariam a qualquer momento. O frio na barriga aumentava a cada segundo.

Segurou a mão da irmã e fechou os olhos. Definitivamente, não era a melhor pessoa do mundo para ser um herói. Não era corajoso, não era forte e nem sabia usar uma espada como Steve. Era apenas um garoto assustado demais num mundo que tentava destruí-lo em cada esquina. Era nisso que pensava quando viu um brilho adiante, que foi se tornando cada vez mais reconhecível: a saída e, junto com ela, a luz do dia!

As rodas do carrinho rangeram alto à medida que freavam, fazendo com que faíscas saltassem das laterais e os jovens se segurassem com medo de uma batida que não veio. O carrinho foi diminuindo a velocidade até que parou completamente, sem nenhum dano para seus passageiros, que pularam para fora na primeira oportunidade.

— Estamos vivos — falou Arthur, surpreso com o fato. — Estamos vivos.

— Acho que estou tão surpresa quanto você.

A dupla se ajoelhou e verificou onde estava. Não fazia muito sentido cantar vitória acerca da sobrevivência se tivessem caído num ninho de *creepers* — "se é que *creepers* têm ninhos", pensou Arthur.

No entanto, a sorte estava com eles naquele momento. Tinham aparecido no meio de uma floresta fechada, com árvores quadradas em todas as direções, muito verde e muitos animais, como veados, pássaros e até mesmo um urso vagando ao longe, alheio aos visitantes. O mais interessante era a construção diante deles, em pedras azuis e verdes e várias colunas. Ali estava o templo que tanto procuravam. Uma bandeira vermelha tremeluzia no alto dele, e as portas duplas de madeira estavam fechadas. Sabiam que aquele era o lugar certo, principalmente pela placa que piscava com letras brilhantes:

TEMPLO DA SACERDOTISA: LEIO SUA SORTE, TRAGO MARIDO E ESPOSA DE VOLTA EM 3 DIAS.

DESCONTOS PROMOCIONAIS: A CADA DEZ CONSULTAS, A PRÓXIMA É GRÁTIS.

Arthur e Punk-Princess166 se entreolharam e voltaram a olhar para a placa. Aquele não podia ser o templo que procuravam, pelo menos não com um anúncio daquele tipo, que mais lembrava a Arthur as videntes de rua em sua cidade. Mas não havia muito que pudessem fazer sobre aquilo; se realmente quisessem ajuda, teria que deixar o preconceito de lado e ver com os próprios olhos o que havia ali. Qualquer coisa que os deixasse mais perto da Espada de Herobrine e de derrotar o Rei Vermelho era válida.

— Acho que precisamos arriscar — disse a garota. — Fique atrás de mim e corra ao primeiro sinal de perigo.

— Eu já estava pronto para a última ordem sem que precisasse avisar.

— Gosto de deixar tudo bem explicado para garotos, não é como se vocês fossem muito inteligentes.

Os irmãos pegaram suas espadas de madeira e foram passo a passo, tomando o cuidado de olhar para todos os lados, buscando armadilhas ou sinais de perigo. Olhos abertos e ouvidos atentos.

Arthur pensou em como aquilo poderia ser diferente caso o guerreiro estivesse ali, com sua grande espada e sua armadura. Steve não teria muito medo daquele lugar, assim como não teve medo do *enderman*; simplesmente andaria até a porta e bateria nela.

Mas Steve estava morto.

O bravo guerreiro era agora um zumbi — que chance teriam contra qualquer coisa que os atacasse?

Arthur viu a irmã levantar a mão para bater na porta. Contudo, antes que pudesse executar qualquer ação, a porta foi escancarada e uma figura emergiu dela.

— Vocês ficarão quanto tempo aí fora, Usuários? — perguntou a aparição. — Estou há uma vida inteira assistindo vocês tremendo de medo aí fora. Olá, meu nome é

Alex e eu preferiria que não fossem mortos pelo urso na minha escadaria. É ruim para os negócios.

Arthur olhou para a figura diante deles: era quadrada como todos os Steves, mas era a primeira vez que viam um *mob* feminino. Com grandes olhos verdes, brincos gigantes, uma tiara dourada, cabelos ruivos e roupas espalhafatosas, a Sacerdotisa os encarou de volta e sorriu.

CAPÍTULO 16

A SACERDOTISA E O SR. ALFACE

Arthur e Punk-Princess166 olharam para a mulher; ela virou as costas e fez um sinal para que a acompanhassem, depois entrou no templo e sumiu de vista. Sem outra opção ou tempo para discussões, foram logo atrás, fazendo questão de fechar a porta atrás deles, afinal, morte por urso não estava na lista de desejos de nenhum dos Usuários.

— Fiquei muito surpresa quando ouvi barulhos vindos da mina — disse Alex. — Aquele lugar está deserto há anos.

— Você sabia que ela pertence ao Rei Vermelho?

Alex deu de ombros.

— Todo mundo sabe disso, garoto. Foi onde eu o vi pela primeira vez, muitos anos atrás. Ele era um Usuário como vocês e morou ali durante muito tempo. Previ desde o início que ele seria um problema para o Mundo da Superfície. Agora, venham, estou preparando chá.

Ela foi indicando onde ficavam os banheiros mais próximos e onde poderiam descansar se quisessem — aquela era a casa dela, e todos os viajantes eram bem-vindos. O templo era espaçoso, com múltiplos corredores, azulejos decorados e plantas ornamentais. O cheiro de incenso de canela se espalhava em todas as direções, fazendo com que Arthur espirrasse sem parar — efeito que se dava com toda espécie de cheiro forte, perfumes e até mesmo sabão em pó.

— Há quanto tempo você mora aqui, Alex? — indagou Punk-Princess166. — Talvez você possa nos ajudar. Estamos procurando a...

— A Espada de Herobrine — completou a Sacerdotisa. — Somente assim vocês poderão voltar para a casa de vocês do outro lado...

— Como você sabe disso? — perguntou Arthur. — Ainda não falamos nada.

Alex não respondeu, apenas sorriu e abriu espaço para que a dupla entrasse numa cozinha enorme. Havia muitos armários, panelas e uma pia gigantesca, tudo limpo e em ordem. Também havia uma mesa com todos os tipos de bolos, pães, frutas e carnes assadas, sucos dos mais diversos tipos, copos de leite e até mesmo uma salada de várias cores. A mera visão daquilo fez o estômago de Arthur roncar, lembrando-o de que fazia muitas horas desde a última vez em que comera. Sem nem mesmo esperar um convite, sentou-se à mesa e pegou uma fatia enorme de pão e um copo de suco de laranja. A comida do Mundo da Superfície não era tão gostosa quanto a do seu mundo, mas na fome em que estava, era como se aquilo fosse o maior banquete que já existiu.

— Acho que não subestimei a fome de vocês — falou a Sacerdotisa. — Comam à vontade, temos muito que conversar se quiserem dar prosseguimento a essa loucura de procurar a Espada de Herobrine.

— Muito obrigada pela hospitalidade — disse Punk-Princess166. — Vamos te pagar por isso assim que possível.

Arthur não perdeu muito tempo com agradecimentos, estava ocupado demais tentando colocar a maior quantidade possível de comida dentro do estômago. Deixou as carnes de lado por ser vegetariano, mas aproveitou todo o resto com prazer. A mulher pegou o chá que fervia no fogão e juntou-se a eles, comendo uma fatia do bolo.

Comiam avidamente quando Arthur ouviu um som atrás de si, algo que parecia o silvo de uma cobra, ou melhor... Um pavio queimando. Reconheceria aquele som em qualquer lugar do mundo: um *creeper* pronto para explodir! Teriam sido traídos? Podia ver as pernas verdes caminhando para perto de onde estavam, passos lentos, mas decididos. O garoto e a irmã se esconderam debaixo da mesa, e Arthur fechou os olhos e esperou a grande explosão, pronto para ser atirado pelos ares.

O desastre já estava vindo... podia ouvir o pavio queimando... Aquele barulho que continuava enquanto...

Nada aconteceu.

Arthur abriu os olhos lentamente. O *creeper* estava ali, ao lado da mesa, simplesmente parado, como se aguardando uma ordem.

— Vejo que conheceram o Sr. Alface — disse a Sacerdotisa. — E que compartilham dos mesmos preconceitos que as demais pessoas do Mundo da Superfície.

Arthur olhou para a irmã em busca de apoio, mas ela parecia tão perdida quanto ele. Não podia acreditar que um *creeper* não tentaria matá-lo, essa tinha sido uma das primeiras lições naquele mundo: *creepers* são maus.

— Quer dizer que ele não vai explodir e me matar? — perguntou, ainda temeroso.

Alex deu uma risada bem alta, como se tivesse acabado de escutar a coisa mais estúpida do mundo.

— O Sr. Alface é um cavalheiro, crianças, ele é o meu mordomo — respondeu ela. — Nos conhecemos desde antes de eu ser uma menina. Agora, façam o favor de sair daí debaixo e comportem-se como gente. A comida sempre fica com um gosto ruim quando esfria.

A dupla saiu de debaixo da mesa com cuidado, ainda sob a impressão de que o *creeper* poderia explodir a qualquer momento. Sentaram-se lentamente à mesa e observaram incomodados enquanto o monstro retirava as louças sujas e levava para a pia. Arthur e Punk-Princess166 ficaram observando o *creeper* lavar cada louça com extremo cuidado e colocar no suporte para secar.

— O grande erro das pessoas é acreditar que todo mundo é igual — disse Alex. — Que todos os *creepers* são ruins, que todos os Steves são bons. Seria como dizer que todos os Usuários são ruins porque o Rei Vermelho é ruim. Não é bom carregarmos preconceitos, crianças.

Arthur sentiu uma pontada de culpa por ter desconfiado da Sacerdotisa. Tinha sido tão rápido no julgamento quanto os adultos de seu mundo, que costumavam "saber" se uma pessoa era boa ou ruim usando apenas a aparência como base. Sem nenhuma opção, fez um pedido de desculpas para o *creeper* e para a Sacerdotisa. Ela fez um aceno de mão, afastando qualquer problema.

— Você não tinha como saber que ele é bom — respondeu ela. — Agora, deixemos isso de lado. Precisamos falar sobre o que realmente os trouxe até aqui. Sou uma profetisa, posso ver partes do futuro e partes do passado, mas nem sempre consigo ver a imagem de forma completa para capturar seu sentido. Preciso saber a história desde o início, como vieram até o Mundo da Superfície, como chegaram até minha casa.

Arthur e a irmã assentiram. Fariam qualquer coisa que os ajudasse a capturar um pouco de sentido no meio de toda aquela confusão. Tinham andado por tempo demais sem saber de nada, sempre caindo e rolando de um lado para o outro como que empurrados pelo vento. Então, se havia uma chance de alcançar uma resposta, mergulhariam atrás dessa chance.

Foi Punk-Princess166 quem começou a contar a história. Todos os detalhes, desde o início: o disquete na cozinha, os números na tela do computador e tudo o que se seguiu. Ela falou sobre os eventos da floresta, sobre as pessoas na vila, o ataque do Rei Vermelho, a cabine telefônica e também contaram sobre Steve, o guerreiro que havia dado sua vida para protegê-los, na esperança de que encontrariam uma forma de derrotar o inimigo e trazer paz ao mundo. E foi somente então que, pela primeira vez, Mallu chorou pelo amigo perdido.

CAPÍTULO 17
A PROFECIA

Alex esperou até que os irmãos terminassem de contar a história; não fez nenhuma interrupção e só se movia para tomar o chá preto. Quando Punk-Princess166 finalmente chegou ao ponto em que encontraram a Sacerdotisa, ela balançou a cabeça e disse:

— Está acontecendo como previ — o tom de sua voz indicava que isso não era uma coisa muito boa. — Herobrine sabe que possui uma chance de voltar ao Mundo da Superfície. Ele está morto, mas sonha em retornar. O sonho dos mortos é uma coisa perigosa, jovens.

Arthur se ajeitou na cadeira enquanto o Sr. Alface tirava o copo de suco vazio e o prato sujo. Uma dúvida que já habitava o fundo da sua mente saiu de sua boca:

— Você quer dizer que Herobrine está ciente de tudo? Que ele deseja o que está acontecendo?

A Sacerdotisa fez um aceno positivo com a cabeça.

— É a única coisa de que temos certeza nessa história — respondeu Alex. — Talvez nem o próprio Rei Vermelho saiba disso, mas ele é apenas um peão no jogo complexo que Herobrine está armando. Você não pode pensar nele como uma pessoa ou um *mob*, ele é algo diferente, muito mais antigo. Herobrine já existia muito antes do seu mundo ou do nosso, mudando de forma, atravessando universos e os consumindo. Em outros mundos ele é cultuado como um deus, um senhor da loucura e do caos.

— Como você sabe de tudo isso?

Alex os deixou sem resposta, apenas se levantou e caminhou para fora da cozinha, deixando os irmãos sozinhos.

— Acha que isso é verdade? — perguntou Arthur. — Que estamos todos fazendo o que Herobrine mais deseja?

— Não sei muito no que acreditar agora — disse Alex, de longe. — As coisas estão mais confusas do que eu jamais poderia imaginar.

Quando a Sacerdotisa voltou a entrar na sala, tinha um livro vermelho nas mãos. Ela se sentou e abriu o tomo numa página do meio, virando-a para que a dupla também pudesse vê-la. Mostrava um *mob* sobre uma pedra no meio do mar, muito parecido com Steve — se não fosse idêntico —, mas seus olhos eram brancos e brilhantes, e sua expressão era maligna. Uma legenda na ilustração dizia: "Herobrine, a morte que anda".

Então, aquele era o tão falado Herobrine, que as pessoas pareciam temer só de ouvir seu nome. Alex tomou mais um gole do chá antes de responder:

— Conheça o inimigo de todos os mundos — disse ela. — Ele espera o momento certo para voltar e já conhece cada um de vocês e a missão na qual se encontram. Existe um motivo pelo qual essa espada é tão poderosa. De acordo com a profecia neste livro, ela é a única coisa capaz de cortar os limites entre os universos, libertando-o do Nether e das brechas entre os mundos.

A Sacerdotisa passou algumas páginas e leu um trecho em voz alta, um tipo de poema ou coisa do tipo.

A porta será aberta pelas mãos de quem mais o odeia.
Do outro lado virá Herobrine, clamando tudo
que não é seu por direito ou nascimento.
Pelas mãos dos Usuários virá destruição,
Usuário corrompido pelo grande poder.

— Ou seja... Ele quer que nós o libertemos? — indagou Punk-Princess166. — O cara simplesmente acha que vamos pegar essa coisa e soltar para destruir tudo que existe? O pior de tudo é essa coisa achar que seremos corrompidos.

Alex balançou a cabeça.

— Acredite em mim, jovem, as profecias sempre vêm acompanhadas de um grande problema — disse Alex. — Quanto mais você tenta fugir delas, mais elas buscam se confirmar. E está aqui, neste livro, a profecia de que os Usuários libertarão Herobrine. Isso já foi escrito. Ninguém sabe quando, ou como, mas um Usuário será responsável por libertar o mal além do Mundo da Superfície.

Arthur se levantou e andou pela cozinha. Não queria acreditar em nada daquilo e, se possível, gostaria de sair daquele templo; nada de útil havia acontecido ali.

— Viemos até aqui porque nos disseram que você poderia nos ajudar a encontrar a espada, Alex — falou. — Não podemos parar de procurá-la, precisamos voltar pra casa. Steve morreu por isso, a vila foi destruída por causa disso.

O Sr. Alface colocou uma travessa cheia de doces sobre a mesa e saiu para lavar as louças, não sem antes colocar seu avental. O trio observou aquilo por um momento e então Alex se ajeitou na cadeira antes de começar a falar:

— Ninguém disse que deveriam parar a busca — respondeu a Sacerdotisa. Sua voz era séria e sem o tom de amenidade. — A única coisa que eu disse é que o caminho de vocês e o de Herobrine estão ligados. Minha mãe foi morta por causa da profecia e da espada. O Rei Vermelho também busca a espada há anos, e minha mãe era a única pessoa que poderia saber sua localização. Eu ainda era uma criança quando o Rei a levou, mantendo-a presa em busca de uma resposta, até o dia de sua morte. O que ele nunca soube é que ela havia deixado o livro para trás e que eu, a criança que ele deixou para morrer sozinha, seria uma profetisa muito maior do que minha mãe jamais foi.

Ficaram em silêncio, absorvendo aquelas palavras.

— Então, o que você sugere que façamos? — perguntou Punk-Princess166. — Não podemos deixar que Herobrine venha para este mundo ou para o nosso.

— Vocês precisam continuar o que estavam fazendo — foi a resposta. — Continuem lutando contra o Rei Vermelho e encontrem a espada. Mas lembrem-se de que cada passo precisa ser bem pensado. Vocês serão tentados, e o inimigo usará tudo que estiver ao seu alcance para que a profecia se cumpra. O futuro pode ser mudado e profecias podem ser descumpridas, mas vocês precisam lutar com todas as forças.

Arthur olhou pela janela, onde o Sol ainda brilhava forte, bem diferente da noite em que os monstros dominavam. Podia ver os restos mortais das criaturas que haviam sido destruídas pela luz diurna, monstros que retornariam quando a noite chegasse. Talvez todos os mundos, até mesmo o seu, funcionassem um pouco como o Mundo da Superfície, em que monstros surgiam à noite, prontos para capturar quem quer que fosse, prontos para destruir e causar o mal. *Mobs* hostis ou humanos cruéis, no fim das contas não parecia haver muita diferença entre um e outro.

— Como podemos encontrar a espada, então? — indagou Punk-Princess166. — Se todos os caminhos levam a Herobrine, acho que nossa melhor opção é ir até ele e chutar seu traseiro e o do cachorrinho vermelho com síndrome de grandeza.

— De preferência uma opção que não acabe com o senhor das trevas livre e nossas cabeças numa estaca — completou Arthur. — Eu sou muito novo para trazer o apocalipse ao meu mundo ou ao mundo digital.

O Sr. Alface estava parado ao lado de sua chefe e os olhava com interesse — o que nunca deixaria de ser uma coisa assustadora para os Usuários. Foi nesse momento que Alex sorriu, deixando que sua expressão normal voltasse a tomar conta do rosto. Abriu o livro algumas páginas adiante e respondeu:

— Acho que agora podemos falar de coisas mais interessantes. Espero que estejam preparados, Usuários. A espada não ficou escondida por tanto tempo à toa.

Arthur só conseguiu pensar na quantidade de sofrimento que estaria atrelada àquelas palavras. Preferiu bloquear o pensamento e ouvir o que a Sacerdotisa tinha a dizer. Não poderia ser tão ruim assim. Poderia?

NOÇÕES SOBRE O MUNDO DA SUPERFÍCIE

PARTE SEIS: MERCENÁRIOS

Por Punk-Princess166

O Mundo da Superfície, assim como nosso mundo, é repleto das mais diversas profissões. Você pode conseguir qualquer coisa, desde que possua um bom número de pedras preciosas. E nessa cadeia alimentar de atividades, os mercenários estão no topo. São pessoas que fazem qualquer tipo de serviço, sem olhar a quem; aceitam pagamento em ouro, rubi ou quaisquer objetos de seu interesse.

Nem todos os mercenários fazem jus à fama de amorais, ladrões, sem caráter e mentirosos, mas a maior parte realmente se deita na cama e alega que toda pessoa disposta a negociar com mercenários sabe que existe o risco de um golpe.

CAPÍTULO 18
PRAZER, AMÉLIA

Ouviram atentamente enquanto Alex explicava o que havia acontecido com a espada depois da guerra contra Herobrine e a partida dos Primeiros Usuários. Aparentemente, vários *mobs* de confiança haviam ajudado a criar um plano para que a espada fosse mantida em segurança. Haviam tentado destruí-la, mas nada era forte o suficiente para isso. Os mais sábios se reuniram — entre eles, o Ancião Steve e a mãe de Alex — para decidirem onde seria o local de descanso da lâmina. Várias sugestões foram dadas: no fundo de uma cachoeira, dentro da barriga de um Dragão do Ender, em uma caixa no céu e até mesmo debaixo do colchão da Senhora Estrela, uma padeira que fazia bolinhos tão ruins que sua padaria estava sempre vazia, fazendo do lugar um esconderijo perfeito. Contudo, ficou decidido que Hattori Hanzō, o maior e mais honrado espadachim durante a guerra, ficaria responsável por cuidar da espada e mantê-la em segurança, impedindo que qualquer pessoa se aproximasse.

— E como podemos encontrar esse tal de Hattori Hanzō? — perguntou Arthur. — Se eu fosse a pessoa responsável por cuidar de uma arma de destruição em massa, eu me esconderia em um buraco e nunca mais sairia.

— Concordo com o Noobie.

— Hattori não mora em uma caverna — respondeu Alex. — Pelo menos não morava quando fiz minha última visita. Hanzō é uma pessoa reservada, mas não tanto quanto as lendas fazem acreditar. Sua casa fica bem longe daqui, do outro lado da floresta, em um bioma de gelo.

— Houston, temos um problema — murmurou Punk-Princess166.

Arthur sentiu seu ânimo descer. Não fazia a menor ideia de como poderia atravessar toda uma floresta e ainda chegar numa geleira sem morrer. Afinal, já haviam perdido horas atravessando uma campina e uma mina, sem contar que um amigo havia sido mordido por zumbis no processo. Como poderiam chegar até o tal Hattori Hanzō? Como se pudesse ler seus pensamentos, Alex fez um aceno com a mão e respondeu:

— Não se preocupem. Conheço a pessoa certa para ajudá-los. Tenho uma amiga que pode levá-los até lá. É a única pessoa que ainda tem uma Pedra Vermelha na região, o suficiente para fazer o transporte. É claro que vocês precisarão pagá-la, mas tudo pode ser negociado.

Os irmãos deixaram que uma expressão de pânico surgisse em seus rostos, mas isso não adiantou de nada; Alex já tinha se levantado e saído da cozinha. O fato era que não tinham nenhum dinheiro com eles, ou pedras preciosas. Tudo o que possuíam eram as doações recolhidas na vila de Steve: equipamentos simples, espadas de madeira e pacotes de comida pixelada. Em sua opinião, nada que tivesse algum valor para ser trocado.

— Não temos nada — falou. — Estamos absolutamente quebrados. Nunca imaginei que precisaríamos de dinheiro para salvar o mundo.

— Ser o Batman é a parte fácil — respondeu a irmã. — A parte mais difícil é sempre a de ser o Bruce Wayne. Ouvi isso num podcast e deveria ser o lema de todos aqueles que já pensaram em ser super-heróis um dia.

— O Homem-Aranha é pobre.

— É por isso que ele é o super-herói que mais apanha. Acredite em mim, se ele tivesse dinheiro para ter uma armadura computadorizada e um batmóvel, ele definitivamente teria. O que definitivamente é o nosso caso! Deveríamos ter coletado algum dinheiro no caminho, qualquer pedrinha colorida nos ajudaria.

Arthur enfiou a mão no bolso e andou de um lado para o outro, observado por Sr. Alface, que não conseguia entender a inquietude do garoto. As coisas ainda estavam assim quando Alex voltou, um chapéu de palha na cabeça e uma sacola nas mãos. A Sacerdotisa fez um sinal para que os Usuários a seguissem e ordenou ao mordomo que começasse a preparar o jantar, pois pretendia voltar antes que a noite caísse.

— Eu não vou demorar, Sr. Alface — disse ela. — Mantenha tudo em ordem e não deixe de preparar aquela sopa que eu gosto. Muito obrigada.

O *creeper* fez seu barulho característico de pavio queimando, um sinal de que havia compreendido as ordens. Os dois adolescentes se levantaram e foram atrás da mulher, que andava calmamente pelos corredores rumo à saída do templo. Pelo que ela explicou enquanto andavam, havia um vilarejo pouco depois do templo, e lá morava a moça que poderia ajudá-los.

— Alex, temos um problema — disse PunkPrincess166. — Estamos completamente quebrados. Não temos um centavo.

— Isso é um problema, não é mesmo? — respondeu a mulher, mas não deu mais atenção ao assunto e continuou andando.

Entraram na floresta atrás do templo e logo encontraram uma trilha. Alex explicou que antigamente havia toda uma cidade ao redor, mas que o Rei Vermelho destruiu tudo em sua busca pelas raríssimas Pedras Vermelhas que alimentavam as máquinas da Cidade 01. Era com o poder dessas joias que ele havia começado sua expansão de ferro e fumaça preta, fazendo modificações no Mundo da Superfície — até mesmo a textura das madeiras havia mudado desde que ele começou suas obras, sem respeito algum pelos *mobs* que tinham família e amigos nas áreas destruídas. Tudo "em nome do progresso", era o que ele dizia ao mandar seus *creepers* explodirem florestas inteiras.

— Por que ele faz isso? — perguntou Arthur. — O que ele ganha ao destruir tudo? Ao matar os *mobs*?

A Sacerdotisa coçou a cabeça, procurando a melhor resposta.

— As pessoas não precisam de motivos para destruir — disse ela, enfim. — Perdi minha mãe por causa dele e até hoje não entendo o motivo. Acho que os loucos não precisam de motivos para fazer escolhas erradas. Está no sangue deles.

Dali a cinco minutos chegaram ao vilarejo. Era bem menor que a Vila de Steve, e algumas casas de madeira se erguiam num círculo ao redor da praça principal (que nada mais era que um banquinho de pedra sob uma árvore). Alguns homens e mulheres podiam ser vistos em seus respectivos trabalhos: fazendeiros, ferreiros, vendedores e até uma jovem tocando acordeão.

— Ela está ali! — disse Alex com entusiasmo. — Bem onde imaginei. Venham comigo.

Arthur olhou para onde a Sacerdotisa havia apontado — uma mesa onde várias pessoas se juntavam ao redor. O garoto pôde ver o motivo de toda aquela bagunça: havia um campeonato de queda de braço em que vários homens faziam fila para enfrentar uma moça. Ela era alta, de braços fortes e feita de pixels marrons. Usava uma jaqueta preta e óculos de aviador na cabeça, com botas enormes que causariam sérios hematomas em quem fosse vítima de um chute. Ela tinha acabado de vencer mais um oponente, um rústico lenhador, e aumentava sua pilha de dinheiro e pedras preciosas, rindo alto.

Alex puxou os irmãos pelos braços e foi passando pela pequena multidão, até que estivessem frente a frente com a moça que era o centro das atenções. Todos os olhares se voltaram para os recém-chegados, com a maior parte deles direcionados aos Usuários, aquelas estranhas criaturas feitas de carne. Criaturas que só poderiam existir no passado mais lendário do Mundo da Superfície. Arthur sentiu-se como um animal de zoológico, sob o escrutínio de curiosos.

— Oi, Amélia — disse a Sacerdotisa. — Você tem tempo para ajudar uma amiga a salvar o mundo? Eu juro que te pago dessa vez.

A apostadora terminou de vencer o novo desafiante em um segundo e olhou para sua conhecida com um sorriso no canto da boca.

— Se eu ganhasse um centavo por toda vez que você me prometeu isso, eu teria mais dinheiro que o Rei Vermelho — respondeu ela. — Vejo que trouxe amigos com você; isso vai ser muito interessante...

— Prometo que será a melhor aventura da sua vida — respondeu a Sacerdotisa. — Monstros, risco de morte e duas crianças mais perdidas do que nós na adolescência.

Arthur sentiu um pouco de medo da outra mulher, como se estivesse olhando para o tipo de pessoa que colocaria fogo numa casa só pela diversão. Contudo, lembrou-se de que aquele não era o momento certo para escolher de onde poderia vir ajuda — principalmente quando nem tinha dinheiro para pagar por ela.

Sem outra opção, olhou para a irmã e torceu para que não estivessem entrando no meio de um grande desastre.

— Prazer, Usuários — disse a outra. — Meu nome é Amélia e sou a melhor exploradora que o Mundo da Superfície já viu.

CAPÍTULO 19
CONTRATO DE SERVIÇO

Amélia juntou todo o dinheiro que havia ganhado contra os apostadores e caminhou com os visitantes até o centro da vila, onde se sentaram no banco sob a árvore. Foi lá que Alex começou a explicar tudo o que tinha acontecido, como os Usuários haviam chegado ao templo dela e aonde precisavam ir. Fez questão de frisar a importância de tudo aquilo — e, principalmente, as consequências que todos enfrentariam caso a missão fracassasse.

— Então, você quer dizer que esses dois são a nossa grande esperança de salvação? — perguntou Amélia com uma risada. — Os únicos que podem derrotar o Rei Vermelho e impedir Herobrine de voltar?

A verdade, por pior que pudesse parecer, era que Arthur não pensava muito diferente dela. Não acreditava que ele e a irmã pudessem fazer muita coisa, principalmente quando dias atrás ainda brigavam para ver quem lavaria a louça. Mas sua irmã parecia pensar diferente; ela cruzou os braços e disse:

— Meu nome é Punk-Princess166, e esse é o meu irmão, Arthur, o Noobie Saibot. Nós sobrevivemos a um ataque de *enderman* e a uma caverna cheia de zumbis. Acho que estamos prontos para tudo. Seja aqui ou no fim do mundo. A única coisa que precisamos é que você nos leve até Hattori Hanzō, depois disso podemos nos virar.

Amélia olhou para a garota de forma diferente, como se pela primeira vez a percebesse como uma criatura digna de sua atenção.

— Acho que temos alguém com sangue nos olhos aqui — disse ela. — Bem, tenho um balão que poderia muito bem levá-los até lá. Já fiz o trajeto uma vez com nossa Sacerdotisa aqui, mas adianto que não será barato.

E ali estava o que Arthur gostaria de evitar a qualquer custo. O fato era que não poderiam pagar nada, e vendo a quantidade de dinheiro que ela parecia ganhar apenas com a queda de braço, precisariam se esforçar bastante para pagar qualquer valor exigido por Amélia. Sem a opção de tentar negociar ou mentir descaradamente, Arthur simplesmente falou:

— Não temos dinheiro. Nada. Nem uma pedra preciosa, se essa é a moeda corrente de vocês — tentou parecer sério e direto. — Chegamos até aqui porque várias pessoas se dispuseram a nos ajudar, pagando até mesmo com a vida por isso. A única coisa que temos para oferecer é a promessa de que faremos todo o possível para que Herobrine e o Rei Vermelho não destruam seu mundo.

— Bem, todo esse discurso significa que você não tem dinheiro, não é?

— Basicamente — respondeu Punk-Princess166. — Você vai nos ajudar ou não?

Amélia levantou os ombros e respondeu:

— Vamos fazer o seguinte: eu posso ajudar, mas vou andar com vocês até que eu encontre alguma coisa que pague a dívida — ela pegou um graveto e fez os cálculos no chão de quanto ficaria a dívida. — Dois diamantes e um rubi. Ouvi dizer que o Rei Vermelho tem um estoque gigantesco de Pedras Vermelhas na Cidade 01; vocês ganham uma carona e eu pego algumas pedras. Funciona pra vocês?

Punk-Princess166 estendeu a mão para a mulher, o tipo de gesto que tinha o mesmo significado em qualquer mundo: um acordo aceito pelas duas partes. Mais do que isso, pensou Arthur, seria ótimo ter mais alguém no grupo. Depois que perderam Steve, os irmãos precisavam de alguém que tivesse um pouco do espírito de aventura que o guerreiro possuía — e, mais do que isso, instinto de sobrevivência. Ela poderia não ser tão altruísta quanto o guerreiro, mas não podiam reclamar. Tinham uma carona para fora dali.

— Quando podemos partir? — perguntou Punk-Princess166. — Estamos com um pouco de pressa.

— Me dê uma hora para preparar o balão e sairemos em velocidade máxima — respondeu a aventureira. — Alex sabe onde moro, estejam lá. Partiremos quando tudo estiver pronto.

Arthur e a irmã acenaram e observaram enquanto Amélia saía para fazer os preparativos.

— Se existe uma pessoa que pode levá-los até a casa de Hattori Hanzō, essa pessoa com certeza é Amélia — disse Alex. — Eu só tenho alguns avisos, algumas dicas. Minhas previsões dizem que uma grande tempestade se aproxima — pode parecer clichê, mas é a verdade. Algumas peças se movem no tabuleiro e eu não consigo vê-las, só posso repetir como é importante que tenham cuidado. Tanto o Rei Vermelho quanto Herobrine observam cada passo que dão.

Arthur podia ver as pessoas da vila fazendo seus trabalhos, não mais se importando com a presença dos Usuários. Ignorantes de que o destino deles e de muitos outros estava sendo conversado naquele exato momento; que duas crianças eram responsáveis por impedir que tudo fosse deletado. Arthur se viu arrependido de ter colocado aquele disquete dentro do computador. Se não fosse por sua vontade de flagrar a irmã em um erro, as coisas provavelmente seriam bem diferentes.

— Você acha que podemos vencê-los? — perguntou Punk-Princess166. — O Rei Vermelho tem um exército e Herobrine é a criatura mais perversa que já existiu. Como poderemos fazer alguma coisa?

Alex deu uma risada.

— Vocês ainda não entenderam, não é? *Eles têm medo de vocês*. Herobrine já foi derrotado por Usuários antes, e o Rei Vermelho é apenas um garoto mimado. Os dois temem que vocês consigam usar a espada para derrotá-los de uma vez por todas. É por isso que o Rei Vermelho ofereceu uma saída do Mundo da Superfície em troca da espada. Ele prefere que vocês sobrevivam fora daqui a se arriscar numa luta aberta.

Arthur viu as coisas por aquela lógica pela primeira vez. O Rei Vermelho preferiu oferecer uma saída daquele mundo a enviar seus *creepers*, zumbis e *endermen* para cuidar do serviço — sendo que teve inúmeras chances de dar cabo dos irmãos. Também era um fato que, embora a Vila de Steve tivesse sido praticamente destruída, os dois continuavam intactos, como se o *enderman* tivesse recebido ordens explícitas para não feri-los. Talvez, e apenas talvez, o rei estivesse assustado, desejando que encontrassem a espada e pudessem ir embora para longe dali, fora das vistas e incapazes de incomodar.

— E por que ele não encontrou Hattori até hoje? — perguntou Punk-Princess166. — Ele parece ter todos os recursos do mundo.

— E ele tem, mas recursos não resolvem todos os problemas. Dos tempos antigos, apenas duas pessoas sobreviveram: minha mãe e Hattori Hanzō. Quando o Rei Vermelho invadiu o templo e a levou, me deixando para trás por ser insignificante demais, seu orgulho o cegou para a possibilidade de que eu pudesse saber de alguma coisa. Então, dentre todas as pessoas do mundo, sou a única que conhece Hattori e sabe sobre a espada oculta.

Arthur balançou a cabeça em afirmação. Gostaria de saber mais coisas, mas já estava quase na hora de se encontrarem com Amélia.

Levantaram-se e começaram a andar, guiados pela Sacerdotisa. Atravessaram a vila e andaram por uma trilha de tijolos azuis até uma casa de pedra no fim de um matagal. Já de longe podiam avistar o balão de Amélia — em forma de caixa, como não poderia deixar de ser no Mundo da Superfície — inflado por detrás das árvores. Era uma coisa enorme, que poderia carregar mais de dez pessoas, da cor de areia, com um rosto vermelho e quadrado pintado num dos lados. Letras garrafais anunciavam: "O Barão Voador".

Foram se aproximando e viram Amélia cuidando dos últimos detalhes, verificando os sacos de areia, a possibilidade de algum furo no balão e estocando alguns alimentos. Ao vê-los chegar ela acenou e disse:

— Já estava na hora. Eu estava quase partindo sem vocês.

— Ainda faltam cinco minutos — respondeu Punk-Princess166.

— Sou uma pessoa pontual até demais.

Arthur e a irmã colocaram suas coisas dentro do balão e foram se despedir de Alex, gratos por terem encontrado uma pessoa solícita quando tudo parecia perdido. A Sacerdotisa deu um abraço em cada um e aconselhou cuidado em todos os momentos dali em diante. Ainda havia muitos problemas no caminho, e precisariam ficar atentos se quisessem sobreviver.

— E lembrem-se — disse ela. — Herobrine e o Rei Vermelho têm mais medo de vocês do que vocês têm medo deles.

Amélia começou a puxar os dois humanos para perto do balão. Estava com pressa de subir antes que a noite caísse e algum monstro tentasse atacar seu precioso Barão Voador. Ela os fez subir dentro do cesto e foi preparando tudo para a decolagem.

— Será que poderiam deixar as despedidas para trás antes que eu comece a chorar por aqui? — dizia ela. — Você pode mandar um cartão postal depois, jovem.

Alex riu.

— Você é uma estraga-prazeres, Amélia.

— A melhor que existe.

O grupo ainda trocou mais algumas palavras, conselhos sobre o que poderiam encontrar pela frente e desejos de boa sorte, incluindo até mesmo um abraço para o Sr. Alface, mordomo de Alex. Quando tudo isso terminou, o balão já ascendia aos céus, deixando o solo cada vez mais longe. A princípio, lentamente, mas depois foi ganhando potência e subindo com mais velocidade, fazendo com que Alex e todo o vilarejo se tornassem um pontinho sem nome.

CAPÍTULO 20
MAIS PESADO QUE O CÉU

Arthur nunca foi um bom passageiro de coisas aéreas. Viajar de avião era sempre a pior coisa do mundo, com destaque especial para a decolagem e o pouso — que, de acordo com as estatísticas, são os momentos em que o maior número de acidentes acontece. A única coisa que ninguém havia lhe avisado antes era que balões eram muito piores. Ele sacudia feito um barco quando alguém andava por ele, e o vento forte no rosto era muito mais indicativo da situação de perigo do que uma janelinha oval. Foi assim que Arthur se viu no céu do Mundo da Superfície, tremendo em todas as partes do corpo.

— É o seu primeiro voo de balão? — perguntou Amélia, notando a expressão de enjoo do garoto. — Não se preocupe, você acaba se acostumando. O Barão é o meio de transporte mais seguro do Mundo da Superfície, uma verdadeira obra de estabilidade.

— Ele nunca vai se acostumar — disse Punk-Princess166. — Nossos pais já nos levaram para viajar de avião milhares de vezes. Ele sempre passa mal.

Arthur tentou se forçar a acreditar naquilo; era melhor do que ficar ali sofrendo e em pânico. Olhou adiante, onde uma máquina com uma Pedra Vermelha no centro produzia o calor necessário para manter o balão no ar. Uma das famosas Pedras Vermelhas, capazes de produzir energia renovável e quase eterna. Era de se entender o motivo de o Rei Vermelho ter transformado a gema em seu símbolo e fazer de tudo para acumulá-las. Elas eram as turbinas propulsoras de seu império, criando todas as modificações — ou *mods*, como dizia a irmã — de que precisava, fossem cabines telefônicas no meio do nada ou a famosa Cidade 01.

O céu já começava a escurecer mais uma vez, dizendo a Arthur que lá embaixo os monstros já estavam prestes a aparecer, prontos para atacar as vilas e aqueles tolos o suficiente para sair de casa. Ali do alto era diferente, as coisas pareciam mais calmas, como se tudo estivesse fora do seu alcance, todos os medos e todos os perigos. Aquele sentimento de segurança conseguia ser maior do que seu incômodo com a altura e com o fato de estar voando. E foi assim, sentindo o embalar do balão, ouvindo sua irmã e Amélia conversando sobre aventuras e deixando o cansaço o engolir, que os olhos do garoto foram se fechando. Devagar, deixando que a consciência o abandonasse por completo...

Fogo...

Em todas as direções.

Arthur sentiu o calor no rosto e tentou se localizar. Seria o balão em chamas? Teriam caído? Olhar ao redor confirmou que isso não tinha acontecido. Havia chão em volta dele, e nenhum sinal do Barão Voador ou de sua irmã.

Estava em um local feito de Pedras Vermelhas, onde rios de lava corriam em vários lugares. Também havia barulho, um som infernal, como gritos e lamentações.

Começou a andar sem direção, precisava encontrar alguém, qualquer pessoa. Aquilo parecia com o Mundo da Superfície, mas era diferente, muito diferente. Não havia cores além do preto e do vermelho; uma gigantesca terra devastada onde nada poderia crescer. Onde qualquer planta morreria muito antes do primeiro broto.

Continuou, um passo depois do outro, pensando em gritar pela irmã, mas a visão de um enderman o levou a se esconder atrás de uma pedra — chamar a atenção daquela criatura era a última coisa que gostaria de fazer. O monstro desapareceu no meio de uma nuvem roxa. Arthur respirou fundo. Sentia o pânico tomar conta de cada parte da sua mente, o mais profundo terror, como se alguém estivesse apertando sua garganta.

Quando teve certeza de que o caminho estava livre, retomou a caminhada em busca de uma saída. Tentava se lembrar de como havia chegado até ali. A última coisa da qual se recordava era de estar no balão e...

Sim!

Estava dormindo, aquilo era um sonho. Nada daquilo era real. Um pesadelo do qual acordaria em alguns minutos. Tentou se tranquilizar, afinal, tinha vivido dias de stress; aquele sonho era apenas um produto disso — algo nascido no meio de todo o trauma de ter caído no Mundo da Superfície. Estava dentro de um daqueles raros sonhos em que tinha consciência, em que percebia estar dentro do sonho e podia manipulá-lo como quisesse.

Decidiu caminhar com um pouco menos de medo, embora um encontro com um enderman não fosse agradável nem em sonho. Passou a mão pela testa para limpar o suor e chegou até um beco sem saída que terminava num amontoado de pedras. Não era uma montanha intransponível, por isso decidiu que poderia muito bem escalar aquilo e ter uma visão panorâmica do lugar.

Colocou as mãos sobre as pedras e começou a escalar. Não era algo difícil de fazer, e em menos de um minuto já alcançava o cume, apenas para ser ainda mais surpreendido. Ali, de costas, viu seu amigo Steve — ou talvez algum Steve. Estava sem armadura e olhava alguma coisa ao longe, fazendo Arthur ter certeza de que estava sonhando. Um sonho no qual reencontrava o amigo, um amigo perdido de forma traumática.

— Steve? — perguntou o garoto, sua voz estava alegre. — Senti sua falta.

O outro começou a se virar.

— Steve? Não... — respondeu ele. — Herobrine. Bem-vindo ao Nether, jovem Arthur.

E o garoto o viu pela primeira vez. Era exatamente como um Steve, as mesmas roupas, o mesmo porte e até o mesmo cavanhaque, contudo, havia uma diferença particular: os olhos de Herobrine eram completamente brancos e brilhantes, como dois sóis queimando eternamente.

— Não pode ser... — murmurou Arthur fechando os olhos. — Isso é um sonho. Apenas um pesadelo.

— É claro que é um sonho, seu tolo — respondeu Herobrine. — O que não quer dizer que seja menos real, que a dor não seja verdadeira.

Assim que Herobrine terminou de falar, o garoto sentiu uma dor excruciante na cabeça, como se alguém deferisse chutes contra sua têmpora. Arthur gritou com todo o ar que restava em seus pulmões e deitou-se no chão segurando a cabeça. A dor era muita para que suportasse. A dor, apenas a dor. Invadindo cada pedaço do seu corpo, uma mão invisível apertando seu cérebro, até que tudo desapareceu por completo.

— Meu poder cresce a cada minuto — falou Herobrine, sua voz não mais que um sussurro. — É apenas uma questão de tempo até que eu esteja forte o suficiente para retornar ao Mundo da Superfície e reclamar aquilo que é meu: todas as almas.

Arthur se apoiou numa pedra e voltou a ficar de pé.

— Isso não acontecerá, nós não permitiremos — respondeu. — Eu sei a verdade, Herobrine. Você tem medo de nós. Está com medo de que mais uma vez os Usuários impeçam seus planos idiotas. É igualzinho a qualquer ditador, um babaca sem noção.

Os olhos de Herobrine brilharam com mais intensidade, como se o ódio que sentia daquele garoto insolente se transformasse em combustível.

— Um verme deveria saber quando ficar calado — disse Herobrine. — Um verme deveria saber como se comportar.

— Então por que você não aprendeu?

Antes que Arthur pudesse piscar, Herobrine estava ao seu lado, levantando-o pela camisa. O garoto podia ver cada detalhe daquele rosto, daqueles olhos que queimavam e queimavam. Herobrine o trouxe para bem perto do seu rosto e falou:

— No Nether, o morto Herobrine aguarda e sonha.

Com um simples movimento de mão, Arthur foi atirado longe, além da beirada, para dentro de um abismo. Caindo e caindo e caindo. Seus gritos foram soando cada vez mais distantes e o rosto de Herobrine foi a última coisa que viu antes de...

Acordou do sonho intranquilo.

Seu corpo estava coberto de suor e sua roupa estava repleta de partes chamuscadas, além daquele cheiro de queimado que entupia suas narinas. Olhou ao redor e viu a irmã dormindo num canto, enquanto Amélia pilotava o balão assoviando uma canção qualquer. Lembrou-se do sonho. Sem qualquer aviso, Arthur se debruçou sobre a beirada do balão e fez chover sobre o Mundo da Superfície todo o conteúdo do seu estômago.

NOÇÕES SOBRE O MUNDO DA SUPERFÍCIE

PARTE SETE: O NETHER

Por Punk-Princess166

Notas gerais: é um lugar ruim.

Contém: fogo, Herobrine, monstros, homens-porcos zumbis.

Tudo nesse lugar deseja usar sua alma como café da manhã.

Eu já falei sobre os homens-porcos zumbis?

Recomendações: fuja, Simba, e nunca mais volte para cá.

CAPÍTULO 21
PAUSA ESTRATÉGICA

O dia já começava a raiar, com seu Sol quadrado ocupando o lugar de sempre. Depois do pequeno episódio de mal-estar estomacal, o garoto acordou a irmã e chamou Amélia, contando em detalhes o que havia acontecido no sonho. Ainda podia sentir o calor do Nether batendo em seu rosto e a voz de Herobrine ressoando na cabeça. Permitiu que suas palavras contassem tudo o que viu, sem deixar uma gota do horror fora do relato. Não tinha como falar sobre aquilo sem ter o coração enrijecido de medo.

— Então, você quer dizer que *sonhou* com Herobrine. — disse a irmã, ainda lutando para aceitar aquilo. — Pode ter sido apenas um sonho.

O garoto balançou a cabeça.

— Não — ele respondeu. — Olhe pra minha camisa, um sonho não faria isso. Eu estive no Nether, eu vi Herobrine.

As duas olharam para ele com expressões confusas, e, por um momento, ninguém soube o que responder. O que podia ser feito quando Herobrine já estava forte o suficiente para manipular cabines telefônicas e passear pela mente alheia, ainda que preso nos confins do Nether? Ficava difícil acreditar no que Alex havia dito, que ele tinha medo dos Usuários. A verdade era que, até aquele momento, ele não havia sentido o medo necessário, o sentimento paralisante.

— Acho que ele quer assustar vocês — disse Amélia. — É o que valentões fazem: empurram e puxam o seu cabelo, mas são atitudes que servem mais para demarcar território do que qualquer outra coisa. Se ele não estivesse preocupado com vocês, ele não teria se dado ao trabalho de fazer isso tudo.

— Você acha que ele quis apenas nos assustar? — indagou Punk-Princess166 — Todo esse teatro só para nos fazer desistir de lutar contra ele?

— Ele não pareceu muito assustado quando me jogou de um precipício e quase fez minha cabeça explodir de dor.

Amélia riu alto.

— Mas você está vivo e aqui, sem um risco na cara — respondeu a aventureira. — Não importa o tamanho do vilão, no fim das contas todos são crianças do jardim de infância. Eles falam grosso e cospem, mas são fracotes que não aguentariam um minuto numa briga de verdade.

A mulher se levantou e foi cuidar do balão — não podia ficar muito tempo sem fazer ajustes na rota ou medir a velocidade do vento. Ela anunciou que em instantes fariam um pouso para descanso perto de um lago, assim poderiam lavar o rosto e se preparar para seguir viagem.

Arthur observou a vista abaixo do cesto. O grande trecho de floresta já havia ficado para trás, e podiam ver um grande rio cortando todo um campo. Mais adiante, quase dez quilômetros naquela direção, havia o lago mencionado por Amélia, um dos maiores que a dupla já tinha visto na vida. Não existia nada em volta, nem mesmo uma construção ou casa, tornando aquele o lugar perfeito para um descanso rápido.

— Eu daria tudo por um banho — murmurou PunkPrincess166. — Tenho a sensação de que um gambá vai sair das minhas axilas a qualquer minuto.

Arthur deu uma risada.

— Pensei que esse fosse o seu normal — falou. Não perderia a chance de incomodar a irmã nem mesmo se o próprio Herobrine estivesse no balão com eles.

— Não, o fedor só fica impregnado em mim quando ando tempo demais com você. Acredite em mim, irmãozinho, se eu pudesse, ficaria um ano sem ver a sua cara feia perto de mim. Estas são as piores férias da minha vida.

— Idem.

— É disso que estou falando, que tipo de pessoa fala "idem"? Cara, você é uma decepção.

O Barão Voador começou a descer. Podiam sentir o ar batendo contra o balão, fazendo com que sacudisse. Arthur se segurou com força na borda e fechou os olhos; seu pânico de máquinas voadoras estava trabalhando muito bem, obrigado.

Olhou para a irmã, que parecia estar se divertindo com aquilo, um sorriso maníaco no rosto. Mallu sempre tinha sido assim, a pessoa com espírito de aventura na família, um traço herdado da mãe. O garoto, ao contrário, tinha muito mais a ver com a figura silenciosa do pai, que evitava riscos desnecessários e que nunca guiaria um carro a mais de oitenta quilômetros por hora se setenta funcionava muito bem.

— Tripulação, preparar para pouso! — gritou Amélia. — Bem-vindos ao Lago do Vento.

O cesto do balão tocou o chão com força e os passageiros despreparados foram sacudidos como bonecas de pano, embora o mesmo não pudesse ser dito sobre a piloto, que se mantinha de pé com a maior naturalidade do mundo.

— Você não disse que sacudiria tanto — reclamou Arthur.

— O que posso dizer? — respondeu a mulher, saltando do cesto. — Gosto de surpresas. Pense nisso como um bônus.

Os três saíram do balão e aproveitaram o tempo para fazer alongamentos, encher algumas garrafas de água e lavar os rostos. Logo em seguida, fizeram turnos para que cada um pudesse tomar um banho rápido enquanto os outros cuidavam dos preparativos para o resto da viagem.

Arthur sentou-se em frente ao lago e desejou que pudessem ficar ali para sempre, sentindo aquele vento agradável e aquela água com temperatura morna, mas nem tudo funcionava assim. Precisavam continuar a busca, precisavam lutar ainda mais contra todos os problemas que surgiam pelo caminho. Imaginou como as coisas estariam em sua casa, como estariam seus pais e seus amigos. Quanto tempo teria passado e se alguma coisa ainda existiria quando voltasse. Sentia saudades de tudo: de sua cama, de ouvir a mãe reclamando por ele deixar meias espalhadas, de andar de skate e até mesmo da escola.

— No que está pensando, Noobie? — perguntou a irmã, sentando-se ao seu lado.

— Estou pensando na nossa casa. Você acha que mamãe e papai já sentiram nossa falta?

Punk-Princess166 parou durante um segundo e se limitou a contemplar a água quieta do lago, antes de responder.

— Eu não sei. O tempo aqui e lá parecem correr de forma diferente. Você ficou em casa por alguns minutos a mais do que eu, mas quando chegou do lado de cá, eu já estava no Mundo da Superfície havia muitas horas. Pode ser que apenas alguns minutos tenham passado, ou algumas horas. Não podemos saber. Eu tento não pensar muito nisso, senão vou ficar completamente louca.

— Você já é completamente louca.

Ela assentiu com a cabeça.

— Senão eu vou ficar *mais* completamente louca.

Arthur pegou uma pedra e jogou no lago, uma tentativa falha de tentar fazê-la quicar, mas que resultou apenas num mergulho imediato.

— Você não tem medo de tudo que está acontecendo? — perguntou. — Toda essa loucura... A forma como viemos parar aqui e o que estamos fazendo?

— É claro que sinto medo, cabeça de pudim — respondeu ela. — Mas não posso deixar que esse medo me paralise. Então, a saída é fazê-lo trabalhar a meu favor. Sinto falta de casa, sinto vontade de sair correndo, mas não posso fazer isso, então tenho que seguir em frente.

Arthur sorriu.

— Quando foi que você ficou tão madura assim, Mallu?

— Acho que aconteceu enquanto você não estava olhando.

— Deveríamos ter conversas assim mais vezes.

A garota balançou a cabeça de um lado para o outro.

— Acho que não, eu ficaria entediada — disse ela. — Conversas emocionais são pra você, não pra mim.

Ela deu um soco leve no braço do irmão e se levantou, andando de volta para o balão, onde Amélia já fazia os preparativos para "levantar âncora". Arthur não sabia explicar o que tinha acontecido, mas pela primeira vez em muito tempo sentiu-se em paz, como se um grande peso tivesse saído de suas costas por um minuto. Não havia Rei Vermelho ou Herobrine naquele momento, apenas aquele sentimento oceânico, grande como o universo, dizendo que era parte de alguma coisa antiga e sem nome.

CAPÍTULO 22

O INVERNO DO OUTRO LADO

Estavam no ar mais uma vez, avançando rapidamente contra o horizonte. De acordo com Amélia, em alguns momentos poderiam ver o Largo Gelado, o bioma de gelo onde morava Hattori Hanzō, o guardião da Espada de Herobrine. O verde já começava a ficar para trás, cada vez mais ralo e raro. O branco despontava adiante, refletindo a luz do Sol.

Arthur e Punk-Princess166 ficaram animados com a aproximação e foram para a beirada do balão, assistindo enquanto o chão abaixo deles se transformava de verde para branco num piscar de olhos. Estavam mais perto de solucionar todo aquele desastre e voltar para casa.

— Senhoras e senhores, meninos e meninas — disse Amélia. — Estamos nas Terras Brancas do Mundo da Superfície, lar das bolinhas de neve.

Foi a primeira vez que Arthur e Punk-Princess166 viram neve e gelo em tamanha quantidade, até mesmo se esquecendo de que estavam num mundo digital, que a neve lá embaixo não era como a neve do seu mundo.

Contudo, uma coisa se destacou ainda mais do que a surpresa: o frio. A mudança de temperatura foi súbita, do clima temperado para temperaturas negativas em um segundo. Arthur lamentou o fato de não ter se preparado melhor para a situação, mas não havia nada que pudesse fazer, exceto ter esperanças de não morrer de hipotermia.

— A ponta do meu nariz está congelando — disse Punk-Princess166. — Absurdamente congelando. Eu quase nem o sinto mais.

— Acho que posso ajudar — respondeu a comandante do balão. — Sempre ando preparada para eventualidades como essa.

Ela abriu a mala e tirou enormes casacos, com direito a capuzes felpudos e tudo o mais. Os dois jovens vestiram os agasalhos o mais rápido que puderam, sentindo um pouco de calor retornar ao corpo. Não era do tamanho ou formato certo — já que Amélia era uma pessoa de forma quadrada e mais alta que eles — mas isso não importou naquele momento, afinal, pelo menos não morreriam de frio.

— Isso entra na conta de vocês — disse ela. — Podemos negociar valores mais tarde.

— Pago com prazer — respondeu Arthur.

— Espere para dizer isso depois de ver a conta, senhor — respondeu a mulher. — Se eu estiver certa, já estamos bem perto da casa do tal Hattori Hanzō, ele mora numa cabana logo depois daquele morro. Eu trouxe Alex aqui alguns anos atrás. Depois de certo ponto precisaremos ir a pé, não há um bom lugar para pouso daqui em diante.

— Você não teria um trenó e alguns cachorros escondidos na sua mala, não é? — perguntou Punk-Princess166, olhando para o terreno acidentado lá embaixo.

— Infelizmente, não. Mas vou anotar sua sugestão para a próxima viagem.

Amélia parou de conversar e foi tomar conta do balão, procurando um ponto onde pudesse pousar. A altitude ia diminuindo e Arthur já podia ver a sombra do veículo contra o chão; estariam no solo em poucos minutos. O motor que alimentava o fogo do balão já começava a diminuir suas atividades, e os passageiros foram aconselhados a se segurarem — sugestão que acataram imediatamente.

Em alguns minutos, o Barão Voador tocou o solo com todos os passageiros vivos e inteiros. Os Usuários saltaram enquanto Amélia fazia os preparativos para ancorar o balão ao chão. Ela disse que não iria esvaziá-lo — o motor alimentado pela Pedra Vermelha dava essa opção —, preferindo ficar ali enquanto os dois jovens conversavam com Hattori Hanzō.

— Mas vocês precisam ser rápidos — completou ela. — Não quero estar no chão quando a noite chegar. Se vocês não estiverem aqui quando o Sol for embora, levantarei voo e voltarei ao amanhecer para descobrir se estão vivos ou não.

Arthur acenou com a cabeça e ajeitou o casaco.

— Estaremos aqui — respondeu Punk-Princess166. — Como fazemos para chegar até a casa de Hattori?

A mulher apontou em direção a um grande morro que ficava a uns dois quilômetros dali. De acordo com seus cálculos, ainda tinham mais seis horas de luz do dia, o que deveria ser o bastante para que encontrassem o espadachim e voltassem até o ponto de encontro.

— Vocês precisam seguir em uma linha reta. Logo depois do morro, encontrarão a cabana de Hattori — orientou Amélia. — Ele não costuma confiar em estranhos, por isso digam que Alex mandou vocês. Não é a primeira vez que ele vê um Usuário, o que pode facilitar a situação.

Não havia mais o que conversar, não havia tempo a perder. Despediram-se de Amélia e começaram a caminhar. Não seria uma caminhada fácil, mas precisavam fazê-la de qualquer forma. Um pé depois do outro, naquele piso gelado, cujo frio atravessava os calçados e meias para atingir cada um dos dedos. Seus dentes começavam a bater, e os dedos das mãos mal podiam ser sentidos.

— Lembra que eu sempre quis ver neve? — perguntou sua irmã.

— Sim, você vivia falando disso pra mamãe.

— Pois então, retiro tudo que disse. Neve é idiota. O frio é idiota. Quero o calor escaldante da nossa cidade de volta.

— Concordo com você.

Foram caminhando por mais de meia hora, o Barão Voador cada vez mais longe, até sumir de vista. Havia apenas o silêncio em todas as direções, cortado ocasionalmente pelo uivo solitário de um lobo. A possibilidade de virar alimento canino fez com que os irmãos andassem um pouco mais depressa, de braços dados, um evitando que o outro caísse. A parte mais difícil ainda veio quando precisaram subir o morro, colocando as mãos nuas sobre as pedras e os blocos gelados, levando um minuto para cada passo. Um trajeto que teriam feito em menos de quinze minutos em outra situação, agora levava uma hora e vinha com o perigo de ter membros congelados e caindo.

— Se eu morrer aqui — disse Punk-Princess166 —, me lembre de voltar e te matar por ter encontrado aquele disquete.

— Foi você quem quis saber o que tinha dentro.

— E foi você quem encontrou, a culpa é sua. Sou apenas uma irmã mais nova bisbilhoteira e enxerida.

Quando por fim chegaram até o topo, puderam ver a cabana sobre a qual Amélia tinha falado. Era enorme, feita de madeira, com uma grande chaminé, e suas janelas emanavam aquilo que os jovens supunham ser o brilho de uma lareira. Este último detalhe os fez decidir que precisavam descer a colina o mais rápido que pudessem.

Foram com cuidado, sabendo que qualquer descuido faria com que rolassem por quase cinco metros. Iam sonhando com o fogo que queimava dentro daquela cabana, nada era mais interessante do que isso no momento — Herobrine, o Rei Vermelho e todo o Mundo da Superfície podiam ficar de lado enquanto contemplavam a possibilidade de se sentarem diante de uma lareira.

— Eu acho que poderíamos...

Arthur não terminou a frase. Estava ocupado demais sendo atingindo por algo no meio das costas, uma pancada tão forte que o derrubou em um segundo. O mesmo parecia ter acontecido com a irmã, pois ela também rolava ao seu lado e gritava por ajuda. Arthur viu o mundo girando dezenas de vezes até parar em algum ponto no pé do morro. Todo o seu corpo doía, e ele soltou um gemido para cada parte dolorida.

Tentou ficar de pé para encontrar a irmã, se apoiando nas mãos e nos joelhos. Foi então que viu pés diante de si, envoltos por grandes botas pretas. Seguiu com o olhar dali até o alto, apenas para encontrar um *mob* diante de si. Ele vestia um macacão preto, era tão quadrado quanto Steve, Alex ou Amélia, mas tinha a feição oriental e uma grande barba branca. O recém-chegado segurava uma espada apontada bem para o rosto do garoto.

— Intruso — disse o homem. — Diga seu nome para que Hattori Hanzō saiba de quem ele tira a vida.

Arthur preferiu não responder.

CAPÍTULO 23
HATTORI HANZŌ

Arthur olhou para a pessoa na sua frente. Pelo lado positivo, pensou, haviam encontrado Hattori Hanzō; por outro prisma, era realmente uma pena que ele parecesse tão disposto a matá-los. O espadachim estava ali com a arma apontada para o rosto do garoto, com olhos que seriam capazes de cortar um homem ao meio.

— Alex, a Sacerdotisa, nos mandou aqui! — gritou Punk-Princess166. — Viemos pela Espada de Herobrine.

As últimas palavras fizeram o *mob* baixar a lâmina e olhar para a garota do outro lado. Não havia baixado o suficiente para tranquilizar o garoto, mas era uma brecha para que explicassem o que estava acontecendo, uma chance de não serem retalhados pela lâmina brilhante.

Arthur se levantou e agradeceu ao frio por amenizar a dor de seus ferimentos. Podia ver a irmã vindo do outro lado com as mãos erguidas em sinal de paz. Ela olhava fixamente para o guerreiro, como uma encantadora de serpentes tentando manter um diálogo com a naja mais perigosa do mundo. Deu passos de forma calculada, sob os olhares bem treinados do espadachim.

— Expliquem-se — disse o homem. — E eu julgarei se falam a verdade ou não. Vocês se parecem com Usuários, mas o Rei Vermelho sabe fazer seus truques. Uma magia de disfarce não é o suficiente para me enganar.

O garoto correu para perto da irmã e respondeu:

— Isso não é nenhum tipo de magia — sua voz tremeu enquanto falava. — Realmente somos Usuários e caímos no mundo de vocês por engano. Tudo o que buscamos é derrotar o Rei Vermelho e voltar para casa. Se pudermos fazer tudo isso sem que Herobrine acorde ou invada meus sonhos, melhor ainda.

O guerreiro passou a mão na barba e soltou um resmungo incompreensível. Um longo momento em que Arthur imaginou se ele estava decidindo se devia ou não eliminar os intrusos. Então, sem nenhuma resposta, virou as costas e saiu andando com a espada em punho, deixando irmão e irmã assustados e confusos.

— Vocês ficarão parados ou me acompanharão? — perguntou o homem, sem parar de andar. — Está muito frio aqui fora para que eu converse com os Atuais Usuários aqui.

Arthur e Punk-Princess166 ainda ficaram parados durante quase um minuto, em dúvida se deveriam ou não seguir aquela figura tão insana e de modos assassinos. Contudo, lembrando-se da janela e do fogo que ardia atrás dela, levantaram-se e correram atrás do velho. Tropeçaram e caíram algumas vezes na neve, mas superaram toda a incompetência e conseguiram cruzar o batente da cabana, fechando o frio do bioma logo atrás deles.

— Muito obrigada por nos aceitar — disse PunkPrincess166. — Você é nossa última esperança de encontrar a espada.

A casa do espadachim era muito limpa e organizada, como se a posição de cada objeto só tivesse sido decidida depois de horas de planejamento. Vasos de plantas, espadas decorativas, mesas, cadeiras, várias estantes repletas de livros, e a enorme lareira produzindo ondas de calor que preenchiam todo o ambiente. Arthur e a irmã foram rapidamente para a frente das labaredas, tentando espantar pelo menos um pouco da umidade que atravessava cada milímetro de suas roupas.

— Então vocês são os novos Usuários — disse Hattori Hanzō, sentado numa poltrona ao lado da lareira. — Vocês costumavam parecer mais competentes nos tempos antigos. Onde está a força de KillerKnight123, as armas de QueenBee? Será que agora os Usuários são apenas crianças que mal conseguem caminhar sobre a neve?

O garoto se viu pensando no motivo de os Usuários, assim como sua irmã, sempre escolherem nomes virtuais que nunca faziam muito sentido, cheios de palavras em inglês, números aleatórios e títulos de nobreza usados apenas pela sonoridade da coisa. Afastando esses pensamentos da mente, tentou dar uma resposta ao homem.

— Não sei como eram os Usuários anteriores, mas somos nós que estamos aqui agora — falou. — Você pode nos ajudar ou não?

O homem passou a mão pela barba, parecendo seriamente preocupado com o que o jovem tinha acabado de falar.

— Eu sempre temi que esse dia fosse chegar — disse o homem, finalmente. — O dia em que os mundos estariam caóticos o suficiente para que Herobrine tentasse voltar. Quando você disse que ele havia caminhado em seus sonhos, isso me fez ver que ele já está forte o suficiente para se fazer sentir no Mundo da Superfície.

— É por isso que você precisa nos ajudar — disse Punk-Princess166. — Precisamos derrotar o Rei Vermelho antes que ele traga Herobrine até aqui.

Hattori Hanzō riu.

— Vocês falam o nome do maldito, mas não sabem o que ele é — disse. — Herobrine se alimenta do caos. Tudo o que o Rei Vermelho fez até agora, suas máquinas e seus monstros, foi apenas a preparação do terreno para a chegada de seu mestre. Vocês não podem derrotar Herobrine. Nem os dois grandes Usuários e um exército conseguiram fazer mais do que prendê-lo no Nether.

— Então — respondeu Punk-Princess166 — essa é a nossa chance de derrotar o cara de uma vez por todas. Deixe-nos usar a espada e lutar contra o Rei Vermelho, acabar com as chances de Herobrine antes que ele saia do quartinho fedido dele.

Arthur torceu para que aquele argumento fosse válido, pois não podiam gastar muito tempo ali — a noite poderia cair a qualquer momento, e Amélia esperava por eles do outro lado do morro. O velho pegou sua espada e passou a mão lentamente sobre a lâmina; os jovens podiam ver que ele estava imerso em pensamentos acerca do que tinha acabado de escutar.

— O Rei Vermelho, como vocês, é um Usuário que já procurou a espada. Por que motivo eu deveria confiar em vocês?

Não havia motivo para que confiasse, pensou Arthur. Duas pessoas estranhas surgiam do nada pedindo pela arma que ele guardava havia vários anos, sem nenhuma prova de que não seria usada para cometer algum crime ou destruir o mundo. Talvez fosse melhor deixar aquilo de lado e tentar encontrar outra saída...

— Acho que a única coisa que podemos dizer em nosso favor — começou a garota — é que não somos psicopatas desajustados e com síndrome de grandeza. Mas, se fôssemos, provavelmente diríamos que não somos. É sua escolha: você pode confiar na gente e nos ajudar, ou esperar que Herobrine e o Rei Vermelho consigam tudo aquilo que desejam.

Hattori Hanzō se levantou e caminhou até a lareira, depositando a espada sobre um suporte de madeira. O homem ficou ali durante um minuto inteiro, de costas para os dois jovens que aguardavam uma resposta. Então, ele se virou e disse:

— Eu, Hattori Hanzō, o último guardião, os ajudarei nessa batalha — sua voz era serena, mas firme. — Minha espada jurou proteger os Usuários, e mais uma vez sou chamado a honrar essa promessa. Contudo, temos um problema diante de nós... Eu guardei a espada em segredo num monte longe daqui, a dois dias de caminhada.

Pela primeira vez desde que haviam chegado naquele bioma, Arthur sorriu, exibindo todos os dentes e sacudindo as mãos.

— Eu conheço a pessoa certa para resolver o problema — falou. — Por um preço módico, juros e correção monetária.

CAPÍTULO 24

FLECHAS SOBRE O GELO

Ficou decidido que caminhariam até o balão de Amélia e voariam até o ponto onde Hattori Hanzō havia escondido a Espada de Herobrine. Então, precisariam fazer uma jornada de dois dias até a Cidade 01, onde lutariam contra o Rei Vermelho para que o equilíbrio voltasse ao Mundo da Superfície. Quando colocava as coisas dessa forma, pensou Arthur, até fazia a missão parecer fácil, mas havia um milhão de detalhes que poderiam dar errado.

— Estão todos prontos? — perguntou Hattori. — Temos apenas mais uma hora de luz do dia, deve ser o bastante para chegarmos até o balão da sua amiga.

Arthur e Punk-Princess166 concordaram e saíram da casa logo em seguida, lamentando trocar o calor da cabana pelo frio do lado de fora. Pelo menos tinham recebido cachecóis e luvas velhas do *mob* — um avanço em comparação à condição anterior. Hattori Hanzō veio logo atrás deles, vestido completamente de preto e carregando a espada presa nas costas. Sua expressão era a de alguém preparado para a luta.

— Não sabia que você era um ninja — disse PunkPrincess166. — Esse estilo fica bem em você.

— Não seja tola, garota — respondeu o outro. — Ninjas não têm honra. Eu sou um samurai, o último guardião dos caminhos antigos no Mundo da Superfície.

— Sua roupa continua sendo muito parecida com a de um ninja.

— Bem... — começou o homem com um pigarreio. — Existe a possibilidade de que eu e aqueles desonrados tenhamos comprado no mesmo costureiro, por causa dos preços...

Arthur ouviu aquilo e conteve a risadinha prestes a escapar, imaginando como seria uma loja de departamentos onde ninjas e samurais faziam compras. Deixando o pensamento de lado, voltou a caminhar ao lado dos outros. Contemplava como tudo tinha mudado desde o momento em que chegara ao Mundo da Superfície, como havia feito coisas e conhecido pessoas tão diferentes da sua vida comum, tão alheias ao seu dia a dia no mundo real. Ali, naquele mundo quadrado e sem muita lógica, havia encontrado um lado seu completamente desconhecido, que falava com aventureiras e espadachins, lutava contra reis malvados e demônios antigos.

— Não vamos demorar muito mais — disse Hattori Hanzō. — O morro já está ali.

Começaram a subir o morro de onde o velho os havia derrubado da última vez, subindo com dificuldade, escorregando aqui e ali nas pedras. A única exceção era o samurai, que subiu tudo em instantes, saltando de um lado para o outro, de pedra em pedra, até o topo. Era como se os obstáculos não oferecessem qualquer desafio, apenas pequenos desconfortos.

— Eu gostaria de poder fazer isso — disse Arthur. — Chegar atrasado na escola nunca seria um problema.

— Amém — respondeu sua irmã.

Levaram dez minutos para chegar até o topo, entre tombos e escorregões; enquanto isso, o Sol dava sinais de que já planejava ir embora. Tanto Arthur quanto Punk-Princess166 sabiam que monstros na neve eram a última coisa que desejavam. Odiariam saber que um *creeper* seria capaz de aparecer por ali, e o mesmo valia para zumbis, *endermen* e aranhas. O grupo se esforçou para ganhar tempo, correndo como podiam sobre o gelo — fazendo as pausas necessárias todas as vezes em que o garoto ou sua irmã caíam no chão. Por sorte, podiam ver o balão de Amélia não muito longe. A parte ruim era que ela já parecia pronta para decolar.

— Ei, espere por nós! — gritou Arthur. — Espere por nós!

O balão parecia estar um pouco fora do chão, e a luz do Sol já estava praticamente extinta. O grupo correu o mais rápido que pôde, agitando os braços na esperança de serem vistos. Precisavam chegar até o ponto de encontro o mais depressa possível, caso contrário Amélia só retornaria no dia seguinte, e eles seriam obrigados a passar a noite toda ali.

— Precisamos correr! — disse Punk-Princess166. — Muito!

— Eu sei, eu sei!

Estavam a menos de dez metros do balão, podiam ver claramente Amélia retirando os sacos de areia que serviam de âncora ao balão inflado e pronto para partir. Arthur já estava pronto para emitir um novo chamado de ajuda, quando um grito ao seu lado fez com que tudo ficasse em segundo plano. A voz da irmã cortou o ar num grito de dor, algo tão lancinante que fez com que Hattori Hanzō e Arthur estacionassem imediatamente.

Ali estava Punk-Princess166, ajoelhada no chão e com algo em seu ombro esquerdo... Uma flecha. Sem pensar em muita coisa, seu irmão correu até ela e a ajudou a se levantar.

— Preciso que você continue andando, Mallu — falou, enquanto a segurava pela cintura. — Só mais um pouquinho, até o balão.

— Eu sei, idiota — ela respondeu. — E o meu nome é Punk-Princess166.

— Deixe pra ser chata quando não tiver uma flecha no seu ombro.

Arthur olhou para o lado e viu formas surgindo na escuridão, aparecendo do nada. O garoto não parou para contar, mas sabia que eram muitos, em todas as direções e se aproximando depressa. Eram esqueletos com arcos e flechas apontadas para o trio. Podia escutar as cordas enrijecendo e o silvo de flechas cortando o ar, cada vez mais perto dos Usuários.

— Corram, seus tolos! — falou Hattori Hanzō. — Eu cuidarei desses vermes. É hora de mostrar O Voo Fulgurante do Dragão Ender.

Arthur olhou para trás em tempo de ver o velho samurai assumir uma posição de batalha e pegar a espada enquanto vários esqueletos fechavam o círculo ao seu redor.

Decidiu não perder mais tempo e voltou a atenção para os poucos metros entre eles e o balão. Torceu para que o velho estivesse certo acerca de suas habilidades e conseguisse sair dali ileso. Naquele momento, a preocupação primordial do garoto era deixar sua irmã em segurança.

— Já é noite — disse Amélia quando chegaram. — Vocês estão atrasados. Por que não ficaram na casa do velho até o amanhecer...?

Ela parou de falar ao ver o ferimento nas costas da garota, tratando de baixar o balão e colocá-la para dentro, tomando cuidado para que a flecha não penetrasse mais fundo.

— O que está acontecendo? — indagou a aventureira. — Onde está a espada que foram buscar?

— É uma longa história, Amélia — respondeu o garoto. — Mas preciso que você nos mantenha por mais um tempo no chão, temos um convidado.

Não houve chance para explicações, pois no momento seguinte houve uma explosão de luz perto dali e uma onda de vento que fez neve e gelo voarem em todas as direções. Arthur cobriu o rosto com o braço e esperou por mais uma onda de desastres, mas tudo estava em silêncio. Não havia o som de nenhum esqueleto, flecha ou lâmina batendo, apenas o vento.

— Olá? — gritou Arthur.

Não houve resposta de início, mas de repente algo despontou no meio do gelo — uma figura vestida de preto com uma espada em mãos. Lá vinha o samurai caminhando com passos firmes e sem olhar para trás, deixando uma pilha de esqueletos mortos atrás de si, amontoados e desmontados pelos golpes perfeitos do mestre espadachim. Ele retirou um lenço do bolso e limpou a lâmina antes de entrar no balão. Não havia um risco em seu rosto ou um grama de sujeira em suas roupas.

— O Voo Fulgurante do Dragão Ender — disse ele. — O melhor golpe que meu mestre me ensinou, a força para eliminar vinte inimigos de uma só vez — então, virando-se para Amélia, completou: — Senhora, é um prazer vê-la novamente.

A aventureira sorriu e respondeu:

— O prazer é todo meu, velho guerreiro.

Amélia correu para seus painéis de controle e começou a fazer o balão subir, o mais rápido que podia e cada vez mais rápido. Subindo, subindo e subindo, como um dente-de-leão quando é soprado e empurrado por um vento forte. Deixavam o mundo branco lá embaixo e todos os monstros que estivessem surgindo nele.

— Eu odeio interromper o momento — disse Punk-Princess166. — Mas tenho uma flecha no meu ombro, e ele dói.

Amélia e Hattori Hanzō empurraram Arthur para um canto e foram atender ao ferimento, unindo todo o entendimento do samurai sobre cortes e machucados com as habilidades em primeiros socorros da aventureira. Em poucos minutos o sangramento foi estancado e pontos improvisados fecharam o corte. A garota ainda sentia bastante dor e precisava evitar movimentos naquela região, mas o pior tinha passado e ela não morreria por causa daquilo.

Tudo estava calmo.

Ou assim pensavam.

NOÇÕES SOBRE O MUNDO DA SUPERFÍCIE

PARTE NOVE: ESQUELETOS

Por Punk-Princess166

Esqueletos são horríveis. Os *creepers* pelo menos olham para sua cara enquanto tentam te matar, existe um pouco de honra neles que os faz correr em busca da vítima. Mas os esqueletos são diferentes: eles ficam longe e tentam te acertar com flechas.

São relativamente fáceis de destruir uma vez que você se aproxima com uma boa espada, mas o problema reside em se aproximar, pois até lá você pode ser alvejado inúmeras vezes. Minha principal dica para lidar com esqueletos é esperar até que a luz do dia tome conta deles; mas se isso não for possível, faça o que puder para desviar das flechas e use seu melhor ataque para derrubar os idiotas.

CAPÍTULO 25
POUSO DE EMERGÊNCIA

Tudo ficou em relativa paz durante um bom tempo. O ferimento de Punk-Princess166 havia sido bem tratado e o avanço por sobre a imensidão branca era menos conturbado do que poderiam supor — nenhum esqueleto, nenhum déspota maligno e nenhum lorde do Nether. Simplesmente seguiam viagem. Arthur estava sentado ao lado da irmã adormecida, observando o mundo noturno e as formações de gelo, montanhas muito altas e vales profundos, todos feitos do branco sobre branco que caracterizava aquela região. Amélia e Hattori Hanzō conversavam sobre a rota, pequenas alterações aqui e ali, em busca de uma base que o samurai tinha construído para guardar a espada e outras lembranças da primeira guerra contra Herobrine.

O garoto se levantou e foi até o samurai e a piloto, ainda preocupado com o que fariam assim que conseguissem a espada. Tanto ele quanto a irmã não sabiam nada sobre lutas, usar espadas ou combate corporal. Eram duas crianças que passaram a maior parte da vida entre um apartamento e uma escola particular.

— Hattori — começou a dizer. — Eu não acho que possamos derrotar Herobrine ou o Rei Vermelho, nem mesmo com a espada. Você viu o que aconteceu lá atrás? Se não fosse pelas suas habilidades, eu e minha irmã teríamos morrido.

O homem sentou de pernas cruzadas, com as mãos sobre os joelhos. Olhou para o céu e, então, de volta para o garoto.

— Uma arma não faz a vitória ou a derrota — disse o samurai. — Um jovem com o coração e a mente no lugar certo podem vencer mil exércitos. Eu já conheci Usuários antes de você e sua irmã que eram guerreiros formidáveis e que conheciam muito sobre o Mundo da Superfície. Mas o que deu a vitória a eles sobre Herobrine foi o fato de que estavam preparados para lutar até o fim, sem desviar ou hesitar. Essa é a verdadeira força de um guerreiro. Eu não poderia derrotar um único esqueleto se em minha mente eu já não tivesse *decidido* ganhar.

Arthur balançou a cabeça de um lado para o outro; não acreditava que as coisas funcionassem daquele jeito.

— Eu não sou como eles — respondeu Arthur. — Eu não sou como você. Tudo que fiz desde que cheguei nesse mundo foi ter medo.

— Você fez mais do que ter medo. Eu o vi lutar e, pelo que sei, sobreviveram o suficiente para me encontrar. E você não está vendo a paisagem como um todo — foi nesse momento que Hattori Hanzō esticou as pernas e coçou a barba. — Existem muitas pessoas no seu mundo, acredito. Algumas maiores, menores, mais fortes e mais fracas do que você e sua irmã. Contudo, vocês dois, e mais ninguém, foram chamados até o Mundo da Superfície, uma oportunidade que não deve acontecer com todas as pessoas. O que você faz com essa oportunidade é o que te define. Assim como um certo Usuário decidiu se tornar o Rei Vermelho, você pode fazer mais.

Arthur assentiu e se colocou a observar a noite, que já chegava ao fim. Aquele era um dos momentos favoritos do garoto no Mundo da Superfície: ver aquele Sol de contornos tão alienígenas subindo aos céus. Estava há tanto tempo naquele universo que às vezes precisava se lembrar de que no mundo real as coisas eram diferentes, que o Sol não era quadrado e que monstros não surgiam com o fim do dia. Tinha medo de acordar em algum momento sentindo que pertencia àquele lugar, que era como sua casa; um medo de que não sentiria mais aquele vazio no peito que o impulsionava a fazer de tudo para encontrar um jeito de voltar.

— Já estamos quase chegando — anunciou Hattori Hanzō. — Olhem, ali está o santuário que construí.

Arthur acordou a irmã e apontou para o destino final.

— Estamos quase em casa — falou para Punk-Princess166. — É só pegarmos a espada e estaremos lá.

A garota o encarou com expressão de sono e com os olhos semicerrados; depois de um bocejo, respondeu:

— Você me acordou pra isso? Me deixa dormir só mais cinco minutinhos...

Arthur a deixou de lado e observou a fortaleza de Hattori Hanzō. Era uma gigantesca caixa feita de pedras e com muitos metros de altura. No telhado havia o desenho de duas espadas cruzadas, uma negra e uma azul. Era muito maior do que a cabana onde o samurai vivia, com muitas tochas ao redor, produzindo luz constante de modo a afugentar qualquer monstro que surgisse por ali.

— Tripulação, preparar para pouso — disse Amélia. — Já estamos iniciando manobras de descida, segurem firme.

O balão foi perdendo altitude suavemente, baixando cada vez mais. Amélia cuidava dos ventos aqui e ali, consertando a trajetória através dos mil botões e alavancas no painel de controle. O processo era tão preciso e suave que Arthur mal sentia seu pânico aéreo costumeiro; na verdade, até começava a gostar daquela forma de transporte — longe o bastante do chão, onde vários monstros nasciam do nada.

Tocaram o solo em pouco mais de dez minutos, pousando suavemente no gelo, a menos de vinte metros da fortaleza onde portas duplas feitas de ferro barravam a entrada de intrusos. Quando todos os sacos de areia foram colocados no chão e o balão ficou seguro, todos saíram dele, ansiosos e curiosos para ver a espada que havia causado tantos problemas.

— Espero que essa espada valha muito a pena — disse Punk-Princess166. — Ela deveria, no mínimo, cantar e fazer café. Uma xícara de café é tudo que preciso no momento.

Os quatro caminharam em direção ao galpão, passos rápidos cheios de uma excitação que os fazia esquecer o frio. Arthur se lembrou de tudo o que tinha acontecido para que chegasse até ali, das pessoas que o ajudaram, da sacerdotisa Alex e do guerreiro Steve, que havia dado a vida para salvá-lo da horda de zumbis. Agradeceu mentalmente a cada um deles e continuou a andar.

— Parem — falou Hattori Hanzō. — A partir daqui estão os feitiços de proteção que uma bruxa colocou para proteger a base.

— Quão mortal isso consegue ser? — perguntou Amélia com curiosidade. — Ou serve apenas para afastar curiosos?

O samurai fez uma bola de neve e a atirou contra o galpão, mas antes que ela pudesse tocar a parede de pedra, houve uma grande explosão e a bola de neve foi imediatamente vaporizada.

— Isso responde a sua pergunta?

— Sim, senhor — retorquiu a piloto. — Com certeza responde.

Hattori Hanzō desembainhou sua espada, caminhou até o muro invisível, tocou-o com a ponta de sua espada e disse:

— Abra em nome dos Usuários e de Hattori Hanzō, o guardião da Espada de Herobrine. Em nome do sangue antes e depois de mim.

Arthur imaginou se o frio havia tornado o homem completamente maluco, conversando com paredes explosivas, mas para sua surpresa, um brilho avermelhado apareceu em volta da construção e as portas de ferro se abriram. O quarteto ficou parado durante quase um minuto, esperando que alguma coisa fosse sair para matá-los, mas quando nada disso aconteceu, começaram a andar o mais rápido possível para a entrada da base.

— Mal posso acreditar que conseguimos — disse Punk-Princess166. — É a nossa passagem de ida para um banho decente e comida ruim.

Entraram na base com olhos que sabiam exatamente o que procurar. Era um espaço enorme por dentro, com vários itens, como armaduras empoeiradas, espadas de todos os tipos, pinturas e até mesmo algumas pedras preciosas — que Arthur viu escorregarem distraidamente para o bolso de Amélia, embora não desse a mínima importância para questões de moralidade naquele instante. Foram caminhando, procurando em todos os cantos pela espada.

— Eu não estou vendo essa espada em lugar nenhum — disse Punk-Princess166. — Você tem certeza de que não tem outro galpão por aí?

— Ela precisava ser bem escondida, mesmo se alguém conseguisse entrar aqui, apesar de todas as proteções.

— Faz sentido, vovô.

Foi nesse momento que o samurai colocou a mão sobre uma mesa de madeira e sorriu. Ele empurrou a mesa para o canto e começou a bater no chão com sua espada, até transformar o bloco em pó.

— Exatamente onde a deixei — disse ele. — Depois de tantas décadas e de tantas batalhas, a minha guarda se encerra por agora.

Arthur e o resto do grupo viram a mão do homem desaparecer no buraco para então ressurgir segurando algo. Uma coisa maior do que podiam imaginar e duas vezes mais bonita. Era como se estivessem observando uma obra de arte em forma de arma, uma arte capaz de matar exércitos. Ali, diante de seus olhos e após tantos desastres, estava a Espada de Herobrine.

CAPÍTULO 26
A ESPADA DE HEROBRINE

Arthur olhou para aquilo durante um bom tempo, como se tivesse sido hipnotizado. A espada era enorme e quadriculada, com a lâmina feita de diamante e um cabo dourado com inúmeros detalhes e símbolos que ele não compreendia. Hattori Hanzō a segurava com cuidado, como se o objeto fosse explodir a qualquer momento.

— Forjada com o ferro do Nether e banhada em sangue de dragão — disse o samurai. — Eu apresento a espada que baniu Herobrine do Mundo da Superfície.

O homem deixou que Arthur segurasse a espada por um momento. Era leve — apesar do tamanho, era como levantar um travesseiro. Podia sentir uma onda elétrica passando pela espada, como se ela soubesse que estava nas mãos de um Usuário. Era como se a espada estivesse curiosa para saber quem a manuseava depois de tanto tempo trancada num quarto escuro.

— Não se apaixone pela espada, garoto — disse Amélia. — Amores de inverno não duram muito, aprendi isso da pior maneira.

— É só uma espada — mentiu. — Não é como se existisse muito pelo que se apaixonar numa arma mais velha do que minha avó.

— Se você diz, garoto...

Em seguida, foi a vez de Punk-Princess166 experimentar a lâmina, oportunidade que usou para lutar contra inimigos invisíveis e fazer poses, mas a brincadeira durou pouco: seu ombro gritou de dor e ela foi obrigada a devolver a arma ao samurai. Assim que terminaram de garantir que tudo estava em perfeito estado, a arma foi enrolada num pedaço de pano e a trupe se preparou para sair dali.

— Eu nunca pensei que iríamos realmente conseguir — disse Arthur. — Agora, só precisamos ir até a Cidade 01 e usar o portal que existe por lá.

— E derrotar o Rei Vermelho — completou a irmã.

— Detalhes, querida irmã, detalhes.

Foram saindo em grupo da base, satisfeitos. Hattori Hanzō até mesmo assobiava uma canção, como se pela primeira vez em anos pudesse se dar ao luxo de andar sem o peso do mundo em suas costas. No entanto, toda alegria desapareceu assim que botaram os pés para fora e olharam para o balão... ou melhor, para o que restava dele, retalhado e murcho no chão. Ao seu lado, com os braços arrastando na neve, estava um *enderman* — mais especificamente, aquele que havia destruído a Vila de Steve. Olhava para o grupo de forma cruel e permanecia parado no mesmo lugar.

Todos ficaram quietos, sem saber o que fazer ou como reagir àquela visão.

— Ele destruiu o meu... — começou Amélia, incapaz de acreditar no que via. — Certo, acho que alguém precisa morrer.

O *enderman* apareceu a um passo do grupo, usando aquela habilidade que nunca deixaria de surpreender os Usuários. Ficou extremamente perto de Arthur, de modo que o garoto podia ver cada pixel de seu corpo em detalhe, cada quadradinho e cada linha reta que compunha a criatura mais assustadora do exército do Rei Vermelho.

— Olá, Usuários. É um prazer falar com vocês de novo, no fim dessa jornada.

A boca do *enderman* se moveu, mas a voz que saiu dali era a do Rei Vermelho, calma e ocupada em alongar cada sílaba, como se as letras fossem parte de um banquete que precisava ser saboreado. O monstro olhava para cada um dos presentes, indo de Hattori Hanzō até Punk-Princess166, avaliando cada um.

— Estamos muito ocupados agora, bacalhau — disse sua irmã. — Acho que você deveria ligar mais tarde.

Uma risada emergiu do *enderman*. Era assustador ouvir aquele som escapando de uma criatura completamente destituída de expressões faciais ou personalidade. Por um momento, Arthur se perguntou se o monstro controlado sentia alguma coisa, se havia dentro dele o menor desejo de se rebelar contra seu domador.

— Vocês me fazem rir — foi a resposta. — Eu sempre soube que pretendiam usar a espada contra mim antes de entregá-la. Sei de cada detalhe do plano de vocês, que nunca foi dos melhores. Meu *enderman* os tem seguido desde que saíram da vila, em silêncio e com ouvidos abertos.

Tudo que eu precisava era que me trouxessem até a espada. Me entreguem ela e eu os deixarei viver.

Arthur fez um gesto negativo com o indicador; não deixaria que o Rei Vermelho levasse aquela espada depois de todo o trabalho que tiveram. Não deixaria, em hipótese alguma, que Herobrine fosse libertado do Nether.

— Eu acho que você deveria cair fora — respondeu. — Temos um samurai, uma mercenária e... minha irmã aqui. Quatro contra um.

O *enderman* voltou a rir, um som tão alto e inumano que fez o chão tremer. A criatura, então, voltou a tomar seu posto e, encarando Arthur, respondeu:

— Espero que aproveitem a eternidade no Nether. Vou matar cada um de vocês e usar a espada para trazer Herobrine de volta ao Mundo da Superfície.

Antes que Arthur pudesse fazer qualquer coisa, a criatura desapareceu da sua frente, como um raio cortando o céu. O garoto sabia que ataques poderiam vir de qualquer canto, por isso, desembrulhou a espada e a empunhou com as duas mãos. Ficou atento a qualquer movimento com o canto dos olhos.

— Fiquem juntos — gritou Hattori Hanzō. — Ele pretende nos pegar desavisados, esse cachorro sem honra.

No mesmo instante, o *enderman* surgiu diante do samurai e tentou desferir um soco, mas o velho era mais veloz do que todos ali reunidos, conseguindo escapar e dando um golpe com sua arma, uma ação bem-intencionada, mas que não surtiu efeito algum. A lâmina atingiu a pele do *enderman* sem que nada acontecesse, e a criatura desapareceu mais uma vez.

— Fiquem atentos — gritava Amélia. — Ele está tentando descobrir quem é o mais fraco do grupo, é como um animal perseguindo uma manada.

Arthur olhou para o lado e viu a aventureira sacando uma faca de dentro da jaqueta — coisa que o garoto não podia imaginar como seria efetiva contra algo daquele tamanho. Do seu lado esquerdo, Punk-Princess166 tentava segurar uma espada com uma mão e lidar com a dor no ombro. Não parecia assustada, mas não era como se ela tivesse medo de muita coisa. Sempre tinha sido assim: Mallu sem um pingo de medo, enquanto Arthur se encolhia. Exatamente como fazia naquele momento, com as mãos tremendo e suando.

— Arthur!

A voz da irmã o tirou daquele pequeno transe, mas já era tarde demais. O *enderman* estava à sua frente, a mão quadrada se esticando em direção ao pescoço do garoto, formando uma sombra inescapável.

Um pensamento se repetiu em sua mente, batendo como um tambor, sendo martelado no canto do seu cérebro sem pausa. Três palavras: "eu vou morrer". Mas logo uma nova frase se formou, aquela que veio com a constatação de que segurava a arma mais poderosa de todos os tempos. A arma em suas mãos lhe dava condições de pensar: "eu não quero morrer".

Deixou que seus lábios formassem aquela frase em voz alta, repetindo-a. Então, fechou os olhos e ergueu a Espada de Herobrine, empurrando-a contra o *enderman*, sentindo a lâmina atravessar camadas e camadas de pixels duros e resistentes...

Arthur respirou fundo.

Esperava do fundo do coração que aquilo funcionasse. Com cautela, abriu os olhos, um de cada vez, ainda tremendo da cabeça aos pés. O *enderman* continuava de pé, contudo, a situação havia mudado. A criatura colocava a mão no estômago, no exato ponto em que a espada havia feito seu trabalho. Gritos assustadores saíam da boca do monstro e ele cambaleava de um lado para o outro, incapaz de fazer qualquer coisa além de sentir dor. Foi assim que, com um baque, o monstro foi ao chão, finalmente morto.

— Okay. Eu não esperava por isso — disse Punk-Princess166. — Quero uma cópia dessa espada agora.

O garoto se limitou a encarar o corpo escuro sobre a neve: os olhos roxos não mais brilhavam e todos os movimentos haviam cessado. Tinham vencido aquela batalha. Com apenas um golpe haviam derrubado o monstro mais perigoso no arsenal do Rei Vermelho, mas uma pergunta ainda estava no ar: como sairiam daquele deserto gelado agora?

CAPÍTULO 27
O CORAÇÃO QUE NOS LEVA PARA LONGE

Hattori Hanzō foi o primeiro a cumprimentar Arthur. O velho bateu em suas costas e sorriu, o tipo de coisa que provavelmente não acontecia com frequência naquele rosto. Todos se reuniram ao redor do garoto, observando a espada com muito interesse. Era a primeira vez que viam um *enderman* ser derrotado com tanta facilidade.

— Imagine o que o Rei Vermelho faria com isso nas mãos — disse Amélia. — Dominar todo o Mundo da Superfície seria fácil como queimar uma casa de palha. Acho que deveríamos pegar essa coisa e fugir para bem longe, onde ele nunca a encontrará.

— Precisamos lutar — disse Punk-Princess166. — É a nossa melhor chance, agora ou nunca.

— Concordo com a garota — respondeu Hattori Hanzō.

Arthur já tinha pensado como a aventureira antes. Mesmo naquele instante, era tentado pela ideia, mas não queria ficar o resto da vida trancado naquele universo, vivendo como um fugitivo. Possuíam uma arma que poderia acabar de uma vez por todas com o Rei Vermelho, e tudo o que precisavam era chegar perto o bastante... Um detalhe que havia se tornado muito grande, agora que o balão tinha sido completamente destruído.

— Nós vamos lutar. Temos a espada e não podemos desperdiçar a oportunidade — disse o garoto. — Mas temos um problema. Como poderemos chegar na Cidade 01 e derrotar o rei se o balão foi destruído e estamos no meio do gelo?

Todo o grupo se entreolhou. Ninguém tinha pensado seriamente sobre aquele problema, todos tinham ficado distraídos com o poder da espada e com todas as possibilidades abertas por ela. Possibilidades que dificilmente seriam cumpridas se não saíssem do gelo. Arthur imaginou se havia alguma coisa no galpão de Hattori Hanzō que pudesse ajudá-los, mas se lembrava apenas de ter visto alguns objetos de arte, armas e outras coisas sem utilidade para aquela situação.

— Podemos caminhar — respondeu o samurai. — Eu já fiz o trajeto daqui até o próximo bioma em pouco mais de três semanas. Apenas eu e meus pés. Não é impossível, podemos comer alguns ursos e lobos pelo caminho; a natureza contra a gente, como deve ser.

A aventureira tomou a frente do grupo; não parecia satisfeita com a sugestão do velho, e sua expressão misturava incredulidade e raiva.

— Ou podemos tentar remendar o balão — disse Amélia. — Não vai ficar perfeito, mas é melhor do que andar por aí. Seríamos mortos na primeira noite.

Arthur não sabia o que concluir daquilo — nenhuma das opções era realmente boa e ambas davam ao Rei Vermelho a oportunidade de se armar e construir uma defesa. Não. Precisavam chegar até ele enquanto estivesse despreparado para enfrentar a Espada de Herobrine. Ficou ali, pensando silenciosamente no que deveriam fazer. Pensava em todas as opções que não tinham.

— Tenho uma ideia — disse Punk-Princess166. — E, se funcionar, vocês devem me chamar de gênio pelo resto de suas vidas.

Todos os olhares se voltaram para a garota, sem acreditarem que pudesse haver uma resposta prática no meio daquela situação. Arthur a viu caminhar em sua direção e pegar a espada sem dizer nada, tomando cuidado para não fazer esforço com o lado machucado. Punk-Princess166 caminhou até o corpo do *enderman*, com passos firmes e arrastando a ponta da espada no chão.

— Quando eu jogava Minecraft no computador, sempre acontecia uma coisa quando eu conseguia matar um *enderman* — disse ela. — Eles deixavam uma pérola para trás, uma pérola que pode te transportar para onde quiser.

— O quê? — perguntou Arthur. — Como isso é possível?

— Você devia ter jogado o jogo em vez de me incomodar enquanto eu jogava — respondeu a garota. — Faria de você uma pessoa bem mais útil neste momento.

Ela enfiou a espada no peito do *enderman* morto e fez um esforço para cortar aquilo até a cintura. Amélia e o samurai contribuíram com uma pequena ajuda. O cheiro de carne podre subiu imediatamente e Arthur precisou se esforçar para não vomitar — era o pior cheiro que já tinha sentido em toda sua vida. Mas as coisas poderiam ficar piores: Punk-Princess166 se agachou ao lado do monstro e enfiou a mão dentro do corte, fazendo com que seu braço passeasse dentro daquilo e ficasse coberto de gosma preta até o cotovelo.

— É a coisa mais nojenta que já vi — disse o garoto.

— Preciso concordar, moleque — respondeu Amélia.

Depois de quase um minuto de buscas dentro da criatura, o braço da garota saiu de lá com uma pérola enorme na mão. Ela a ergueu com um olhar triunfante e o sorriso que faria um psiquiatra duvidar de sua sanidade. Um grupo se formou ao redor de Punk-Princess166, observando o brilho daquela esfera banhada em sangue negro de *enderman*.

— Eu disse que estaria aqui — falou a garota. — Nossa passagem até a Cidade 01, onde chutaremos o traseiro de um rei.

— Como fazemos isso funcionar? — indagou Hattori Hanzō. — Como é possível que eu tenha vivido durante tantos anos no Mundo da Superfície e nunca tenha ouvido falar sobre isso?

— Não se preocupe, vovô, meus tios são ainda mais velhos do que o senhor e não sabem usar a internet — respondeu a garota, que então se virou para o resto do grupo e iniciou sua explicação: — É muito simples: todos nós encostamos juntos na pérola e pensamos firmemente no lugar para onde queremos ir. No caso atual, pensaremos na Cidade 01. Pensem apenas na cidade e a pérola nos deixará nas proximidades. Não pensem no Rei Vermelho, ele vai estar muito protegido e precisamos pegá-lo de surpresa.

Arthur ouviu a irmã e foi obrigado a concordar; aquele realmente parecia ser o melhor caminho: se infiltrar na cidade e descobrir o maior número de informações antes de atacar o inimigo. Não seria agradável aparecer numa sala fortemente guardada por *endermen*, *creepers* e outros monstros; eles precisavam ser espertos.

— Gostei da ideia — falou Amélia. — E é minha chance de ressarcir meus bolsos pelos danos no balão.

— Também estou de acordo — disse Hattori Hanzō. — Pronto para usar minha espada contra os inimigos que sangram o meu mundo.

Arthur assentiu e se juntou ao círculo formado pela irmã, o samurai e a aventureira. Punk-Princess166 segurava a orbe com o braço estendido e pediu para que cada um a tocasse, pensando firmemente no destino final. Estavam ali, *mobs* e humanos, trabalhando em conjunto para salvar o Mundo da Superfície da destruição. Um a um, todos obedeceram ao comando da garota, pensando exatamente em onde queriam chegar.

Houve um barulho, como o som dos raios *laser* dos filmes americanos, ou de um sabre de luz em *Star Wars*. Então, Arthur sentiu-se arquear, como se estivesse sem cinto de segurança num avião que decolava, sentindo cada parte do seu corpo sacudindo e queimando. Era a mesma sensação que teve ao ser puxado para dentro do Mundo da Superfície.

Tentou focar os pensamentos na Cidade 01, em como queria chegar até lá. Ficou repetindo o nome da cidade na mente, como um mantra que não poderia ter falhas. Então, a viagem chegou ao fim, tão rápida quanto começou. Em menos de um segundo haviam chegado ao destino final.

Encontravam-se na sala do trono, sob o olhar do Rei Vermelho.

CAPÍTULO 28

A ESPADA E O REI

Ninguém fez nada naquele primeiro momento, simplesmente olharam para a figura diante deles. Um Usuário como Arthur e sua irmã, vestido com roupas vermelhas e uma coroa de ouro na cabeça. Tinha os cabelos dourados e olhos muito azuis. Parecia ser mais velho do que Arthur, com 16 ou 17 anos. Ele sorria para o grupo, sentado em seu trono feito de blocos negros e com uma espada de rubi sobre o colo.

— Vocês me pouparam um grande trabalho — disse o Rei Vermelho. — Levaria muito tempo para enviar meu exército atrás de vocês.

Arthur cerrou os punhos ao ouvir a voz do outro. Não podia imaginar que aquele garoto era o responsável por tudo. Alguém que devia ter quase a mesma idade que ele, apenas um Usuário humano que não sabia de nada. Punk-Princess166 ignorou o inimigo e se virou para os companheiros de viagem.

— Como viemos parar aqui? — ela perguntou. — Eu falei *especificamente* para não pensarem nesse cara.

Hattori Hanzō ergueu os ombros.

— É difícil não pensar em alguma coisa quando alguém te diz para *não* pensar — respondeu o samurai.

— Pensei que samurais fossem mestres do autocontrole — respondeu a garota.

Arthur deixou aquele jogo de culpa de lado e olhou em volta. A sala do trono era gigantesca, feita com blocos vermelhos e decorada com uma miríade de pedras preciosas, armaduras e lustres extravagantes. Também era repleta de servos: vários *endermen* que estavam em todos os cantos e olhavam para os invasores de forma atenta e nada pacífica. No entanto, o que realmente chamou a atenção de Arthur foi um arco de pedra negra no meio da sala; era uma coisa vazia e sem nenhum detalhe.

— Me entregue a espada e ficarão vivos — disse o Rei Vermelho. — E como prova da minha benevolência, abrirei o portal para que voltem para casa.

— E se quisermos acabar com a sua raça e depois usar o portal? — disse Punk-Princess166. — Nós temos a Espada de Herobrine, você não.

— E você me deve um balão! — gritou Amélia.

O Rei Vermelho apontou para o arco, se levantando logo em seguida; cada movimento seu foi vigiado pelos *endermen*.

— Aquele é o único portal que restou — disse ele. — Fiz questão de destruir cada um dos outros. Se existe uma chance de voltarem para casa, é usando este portal. Por isso, desistam e me entreguem a espada. Vocês podem voltar para a vidinha miserável de vocês e nunca mais se preocupar com um mundo que é basicamente um monte de dados no seu computador. Apenas um jogo.

Arthur balançou a cabeça e pegou a espada das mãos da irmã. O Mundo da Superfície não era apenas um jogo. Não poderia pensar algo desse tipo depois de ter conhecido os dois *mobs* ao seu lado, depois de ter andado com Alex... e com Steve. Não poderia deixar que o Rei Vermelho tratasse aquilo como *apenas um jogo*.

— Eu nunca vou entregar a espada para um mané egoísta como você — disse o garoto. — Eu vou usá-la para acabar com você e seus lacaios. Depois disso, voltarei para casa, nos meus termos.

— Uma pena — respondeu o Rei Vermelho. — Aproveite sua morte, caro Usuário, espero que seja rápida.

O Rei Vermelho empunhou a espada e começou a avançar contra o grupo, seus quatro *endermen* o seguindo, sumindo e aparecendo ao lado do mestre. Não havia escapatória, precisavam lutar naquele exato instante, e decidir o destino de suas vidas e do Mundo da Superfície.

— Se este for o fim — disse Amélia. — Espero que tenha um grande baú de recompensas do outro lado.

— Um guerreiro não teme o fim — falou Hattori Hanzō. — Ele luta sem medo ou rancor, ele se torna a espada.

— Adorei a frase de sabedoria — disse Punk-Princess166. — Me lembre de gravar ela em um imã de geladeira.

Arthur, Punk-Princess166, Amélia e Hattori Hanzō sacaram as espadas; estavam prontos para tudo.

— Fiquem espertos — disse Arthur. — Eles não terão piedade da gente, por isso, mandem ver.

As primeiras lâminas a se encontrarem foram as de Arthur e do Rei Vermelho, batendo com força e espalhando faíscas no ar. Mais golpes vieram logo em seguida, a Espada de Herobrine e a lâmina de rubi se chocando com força enquanto Punk-Princess166 e os outros enfrentavam os *endermen* como podiam.

— Você não tem nenhuma chance — disse o Rei Vermelho. — Você mal sabe usar uma espada. Com uma arma diferente você já teria sido morto, seu inútil.

Tinha verdade no que o inimigo dizia, pensou Arthur. Era como se a espada realmente soubesse o que precisava fazer para manter seu dono vivo, guiando sua mão para cada defesa e ataque. Uma espada viva! Tudo que precisava fazer era confiar naquela espada para que vencesse o Rei Vermelho, confiar na arma que havia banido Herobrine.

— Por que você quer tanto destruir o Mundo da Superfície?

— Não quero destruí-lo, eu quero conduzi-lo a um reinado de mil anos. A destruição momentânea é apenas o preço pelo bem maior. Eu estou *salvando* este lugar.

— Você é louco...

Arthur ainda tinha mais coisas para dizer, mas sua concentração foi perdida quando viu os amigos feridos e encurralados pelos *endermen*, prontos para serem abatidos por aquelas criaturas distantes. O garoto virou a cabeça e gritou o nome da irmã. E essa foi a distração que teve um preço muito, muito alto.

O Rei Vermelho aproveitou a brecha e chutou a mão de Arthur com força, fazendo com que a espada voasse para longe. Em seguida, uma cotovelada atingiu o estômago do Usuário, que caiu no chão se contorcendo de dor, dando a oportunidade de que o inimigo precisava para caminhar até a Espada de Herobrine e segurá-la entre risadas.

— *Endermen*, parem o ataque — ordenou o líder. — Quero que assistam à minha vitória, que testemunhem o nascimento do meu império.

Arthur viu os monstros frearem a ofensiva, desaparecendo da sala com seu barulho característico. Estavam sozinhos com o rei, aquele jovem de cabelos dourados parado em frente ao portal. Estavam sozinhos e derrotados.

— O que vamos fazer? — perguntou Amélia, e todos correram para perto do garoto. — Não podemos deixar ele com aquela espada.

— Não podemos fazer mais nada — Arthur respondeu. — Fizemos exatamente o que ele esperava e perdemos. Ele sabia que poderia nos vencer mesmo se tivéssemos a espada.

O Rei Vermelho parou diante do grande arco, tocou-o com a espada e murmurou várias vezes a mesma coisa. Uma frase que Arthur já tinha escutado antes e de forma diferente:

— Morto, ainda que sonhando, Herobrine aguarda em seu castelo no Nether. Eu o invoco, terror que anda. E com a espada que te destruiu, coloco-o sob meu controle.

Arthur se levantou com a ajuda da irmã. Nesse instante houve um estampido e uma luz roxa surgiu dentro do arco, uma luz que tremia e girava. O portal estava funcionando, forte e brilhante, enquanto uma figura se desenhava do outro lado. Suas partes apareciam lentamente no Mundo da Superfície. Os braços e pernas vieram primeiro. Um mosaico que ia ganhando formas humanoides, cortando a linha entre realidades e universos. E foi dessa forma, e com os corações acelerados, que o grupo viu Herobrine dar seu primeiro passo para fora do Nether.

CAPÍTULO 29
HEROBRINE

Herobrine era exatamente como Arthur tinha visto no sonho: uma versão corrompida e de olhos brancos de Steve. Usava uma capa e capuz negros, que tornavam seus olhos ainda mais assustadores, dois sóis queimando. Todos olhavam para o recém-chegado com atenção, um visitante que ainda não havia dito nada e que se limitava a olhar de rosto para rosto e de bloco para bloco; era como se estivesse saboreando seu primeiro instante longe da lava e do fogo.

— Acho que estamos com problemas — disse PunkPrincess166. — Espero que todos tenham seguro de vida.

— O Mundo da Superfície está perdido, minha jovem — respondeu Hattori Hanzō. — A única coisa que podemos fazer é assistir ao festival de destruição que vai começar.

O Rei Vermelho caminhou para perto da criatura e, de forma arrogante, disse:

— Herobrine, eu sou o seu libertador e o dono da espada. Exijo que me obedeça e mate esses vermes. Mostre-me o seu poder.

Arthur respirou fundo, esperando que sua cabeça fosse descolada do corpo em um instante, mas nada aconteceu. Pelo contrário, o monstro olhava diretamente para o rei, como se finalmente notasse que não estava sozinho. Herobrine ergueu a mão direita e o Rei Vermelho foi atirado contra a parede do outro lado, onde caiu desmaiado. Em seguida, com outro movimento, fez com que a espada voasse até sua mão.

— Ninguém me controla, inseto.

A voz de Herobrine era poderosa, como se amplificada por uma caixa de som — uma coisa metálica e sem emoções. Depois, foi a vez de os outros convidados ganharem a devida atenção por parte da criatura, que foi andando até Arthur e o resto do grupo. Ele não demonstrava nenhuma alteração no rosto, mas eles sabiam que tudo estava agradando-o.

— E eu me deparo outra vez com Usuários — disse Herobrine. — É um prazer vê-lo pessoalmente, Arthur. Espero estar à altura de suas expectativas.

O grupo deu um passo para trás e tratou de ficar ainda mais unido, como se isso pudesse fazer alguma diferença.

— Lamento que o prazer não seja recíproco — respondeu. — Você já está livre, não precisa machucar as pessoas ou destruir este mundo. Podemos conviver em paz.

Herobrine riu.

— Não podemos coexistir, jovem Usuário — ele respondeu. — Sou algo muito antigo, seria como um rato pedindo para coexistir com um tigre. Não, eu sou o caos que anda e vim para concluir aquilo que comecei. A destruição de todos os universos, o Mundo da Superfície e o seu mundo. Tudo cairá.

A irmã de Arthur deu um passo adiante e ficou cara a cara com o inimigo, tentando não demonstrar qualquer sinal de medo.

— Não deixaremos que você faça isso, cabeça de caixa — disse Punk-Princess166. — Você já foi derrotado uma vez e, acredite em mim, o raio cai duas vezes no mesmo lugar.

Arthur puxou a irmã pelo braço; talvez aquele fosse o momento para fugir dali, procurar uma nova forma de lutar. Tinham sido derrotados pelo Rei Vermelho e perdido a espada, não havia nada que pudessem fazer naquele momento. Precisavam voltar até Alex e pedir auxílio. Ele pensou em reorganizar os pensamentos e bolar uma estratégia, mas isso dependeria se continuariam vivos ou não.

— Uma garota insolente — disse Herobrine. — Gostaria de saber o que você poderia fazer contra mim, sua...

Herobrine não terminou sua frase. Em vez disso, teve uma espada cravada em suas costas pelo Rei Vermelho, que havia se aproximado rápido demais para que alguém percebesse. Ele sorria e fazia mais força para que a espada penetrasse ainda mais nas costas do outro.

— Eu te trouxe a este mundo, verme — disse o humano. — Você só precisava me obedecer, mas agora vou ter que destruí-lo.

— Humano idiota, você acha que pode me vencer com isso?

Arthur pensou que aquele era o momento pelo qual vinha esperando; deixaria que os dois se destruíssem enquanto correria com os amigos para longe dali. Olhou para trás em tempo de ver o rei e a criatura do Nether trocando golpes, lutando violentamente um contra o outro. Fez um sinal para o resto do seu grupo e começaram a correr em direção à porta dupla do outro lado. Precisavam fugir dali e pensar em outra coisa futuramente.

— Não podemos lutar contra os dois agora — falou. — Vamos nos esconder com Alex e pensaremos em um novo plano.

— Você está certo, jovem — respondeu Hattori Hanzō. — Existem momentos para lutar e outros para evadir. Esta é apenas a primeira batalha da guerra, haverá outras oportunidades de lutarmos contra nossos inimigos.

— Ou seja, vamos fugir enlouquecidamente — disse Amélia. — Ei, um ótimo plano, na minha opinião.

A luta continuava feroz do outro lado, com móveis e decorações sendo destruídos, lâminas que não descansavam e dois inimigos que não davam sinais de cansaço. Os quatro *endermen* haviam retornado para prestar auxílio ao mestre, construindo uma ofensiva poderosa. Arthur e Punk-Princess166 já estavam abrindo a porta daquele salão quando ouviram a voz de Herobrine dizer:

— Antes de nos separarmos, Usuários, eu gostaria de oferecer um presente. Uma pequena recordação de amigo para amigo.

Herobrine olhou para os dois humanos, seus olhos brilhando com mais intensidade, até que um clarão explodiu por toda a sala. Arthur fechou os olhos e terminou de abrir a porta, chegando num corredor enorme e lotado de zumbis — sabia disso pelos sons que faziam, aqueles grunhidos horríveis que o lembraram da mina onde Steve havia perdido a vida.

— Amélia — disse Hattori Hanzō. — Guie os Usuários, eu cuidarei dessas criaturas sem honra.

Arthur sentiu a aventureira segurar seu braço, e sabia que ela tinha feito o mesmo com o de sua irmã. Podia ouvir os zumbis se aproximando e a espada do samurai sendo desembainhada. Começaram a andar, guiados pela mulher enquanto ouviam golpes de espadas e corpos caindo no chão. Não havia a menor oportunidade para os mortos-vivos.

A visão de Arthur começou a retornar bem a tempo de ver todos os inimigos caídos e o samurai limpando a espada na camisa. Seguiram por vários corredores, fazendo o possível para evitar guardas, e Hattori lutava contra zumbis e esqueletos quando era inevitável. Durante todo aquele trajeto, ainda podiam escutar a batalha entre os dois inimigos — e esperavam que continuassem assim durante um bom tempo.

— Só falta mais um pouco — disse Amélia. — Acho que é a primeira vez que torço pelo Rei Vermelho. Espero que ele acabe com o Olhos Brilhantes.

Punk-Princess166 riu e respondeu:

— Espero que um acabe com o outro.

Chegaram à rua alguns minutos depois, vendo a Cidade 01 pela primeira vez. Era uma coisa horrível de feia, com máquinas quebradas em todos os lugares, onde tudo era feito de ferro enferrujado. Telões com o rosto do Rei Vermelho podiam ser vistos ao longo de todas as ruas, e o lixo preenchia todo o espaço. O céu era escuro, e a poluição estava em todo lugar, com ratos que andavam livremente pela rua e *mobs* que pareciam cansados e desiludidos. Então, aquele era o resultado dos *mods* que o terceiro Usuário pretendia espalhar por todo o Mundo da Superfície.

— A casa reflete a alma de seu habitante, dizia o meu mestre — comentou Hattori Hanzō. — E agora vejo que é verdade.

Arthur pensou em alguma resposta criativa para dar àquilo, mas acabou não dizendo nada. Apenas sentiu o corpo adormecer, suas pálpebras se fechando e todos os sentidos o abandonarem. Era como estar caindo, caindo e caindo...

A última coisa que viu foi algo voando acima deles, alguma coisa com olhos brilhantes que queimavam como dois sóis...

EPÍLOGO
O QUE SOMOS?

Arthur acordou sentindo-se em perfeita forma. Não sentia dores no corpo e era como se tudo estivesse em paz — provavelmente efeito de um daqueles remédios de Amélia e Hattori. Estava pronto para bolar um plano de batalha; faria o que fosse necessário para lutar ao lado de seus amigos para que o Mundo da Superfície ficasse livre do Rei Vermelho e de Herobrine.

— Que bom que acordou, cabeça de melão — ouviu sua irmã dizer. — Já estava quase ficando preocupada.

Abriu os olhos lentamente, esperando a invasão de cores e pixels do Mundo da Superfície e de todas as formas quadradas que compunham aquele mundo. Contudo, suas expectativas não foram atendidas: deixou que seus olhos fossem da irmã para o cenário ao redor, cada detalhe e cada linha que compunham o apartamento onde tinham vivido durante toda a vida. Foi obrigado a imaginar se estava sonhando com sua casa, mas tudo parecia extremamente real.

— Eu sei — continuou sua irmã. — Também fiquei assustada quando acordei aqui. Acho que este foi o presente de Herobrine: nos mandar de volta.

Arthur sentou-se imediatamente, sentindo uma onda de raiva se espalhar dentro de si. Não podia deixar seus amigos para trás, não quando o Rei Vermelho ainda vivia e Herobrine estava livre. Quando tudo começou, seu maior sonho era voltar para casa, estar naquela mesma sala; mas as prioridades haviam mudado.

— Como isso pode ter acontecido? — perguntou. — Por que Herobrine faria isso?

Mallu sentou-se ao seu lado; parecia cansada e sem muito ânimo para piadas. Ela olhava para o computador logo do outro lado da sala, como se estivesse esperando que alguma coisa acontecesse, que luzes brilhassem e números aparecessem. A garota deu um suspiro e começou a falar:

— Ele sabia que precisava retirar os Usuários de lá — ela fez uma pausa. — E aqui estamos nós. Em casa, enquanto ele e o Rei Vermelho estão livres para destruir e modificar o Mundo da Superfície como desejarem.

Arthur foi até o computador e o conectou na tomada, apertando todos os botões possíveis para fazer com que aquilo funcionasse.

— Precisamos voltar para lá, encontrar Alex, Amélia e Hattori — disse ele. — Não podemos deixar que Herobrine vença.

— Eu já tentei, Arthur — respondeu sua irmã. — Tudo o que você está fazendo, eu já tentei. Até mesmo o disquete desapareceu. Quando acordei, cinco minutos tinham se passado. Duas horas já se foram desde então, o que significa que o Mundo da Superfície que conhecíamos não é o mesmo que existe do outro lado agora.

Aquilo o atingiu com força. Não fazia ideia de quantos meses ou anos já poderiam ter se passado do outro lado desde então. Herobrine já poderia ter conquistado tudo enquanto estavam ali, no apartamento vazio.

— O que vamos fazer, Mallu? — indagou, a voz tremida. — Como ajudaremos nossos amigos?

A garota colocou a mão sobre seu ombro. Ela parecia bem mais adulta e calma do que Arthur se lembrava.

— Bem — disse ela. — Não podemos salvar o mundo com o estômago vazio. Eu prometo que a gente vai voltar pro Mundo da Superfície e salvar nossos amigos. Infelizmente, nem tudo está ao nosso alcance. Por isso, soldado, vamos ficar prontos para quando a oportunidade voltar.

Arthur ainda ficou parado ali, pensando em como tudo tinha se invertido, em como sentia falta daquele mundo que nem sabia se existia de verdade.

Então, respirou fundo e ficou de pé, pronto para caminhar até a cozinha com sua irmã. Tudo que podia fazer naquele momento era pensar nas pessoas que havia deixado para trás, pensar em Alex, Hattori, Amélia e também em Steve... sempre pensaria em Steve, o primeiro amigo que fizeram e o primeiro que perderam.

Foi nesse momento que a porta se abriu e seus pais surgiram; estavam sorridentes e carregavam sacolas de compras.

— Olá, gente — cumprimentou a mãe. — Comprei algumas coisas no caminho de casa. Espero que alguém esteja com vontade de comer chocolate.

— Sempre, mãe — respondeu Mallu. — Acredite em mim, chocolate é exatamente o que preciso no momento.

— Espero que não tenham brigado — falou seu pai. — Já está na hora de se entenderem.

Mallu cutucou o irmão com o cotovelo.

— Estávamos ocupados demais tentando salvar o Mundo da Superfície de um rei malvado e de um fantasma do Nether — respondeu a garota. — Também tinha um samurai e uma mercenária, mas eles eram legais.

— Certo, Maria Luísa — respondeu ele. — Vou fingir que entendi metade.

Arthur viu sua mãe sorrir e acompanhar o marido até a cozinha. Agora, definitivamente, estavam todos em casa. A normalidade estava de volta, embora um gosto de melancolia ainda se misturasse com cada palavra e pensamento.

— Estamos em casa, Noobie.

— É, estamos em casa — respondeu.

E assim a dupla caminhou até a cozinha, sem saber o que dizer um ao outro, as cabeças um pouco baixas. Uma expressão que teria mudado completamente se tivessem olhado para trás por um segundo, ou apenas com o canto do olho. Se tivessem feito isso, naquele exato segundo, teriam visto a tela do computador piscar. Um brilho verde, ainda mais estranho quando se levava em consideração que os cabos estavam desconectados. E nesse brilho havia números. Zeros e uns. Números com uma mensagem que sempre encontraria seus destinatários...

0100010101110011011101000110000101
1011010110111101110011001000000111
0110011010010111011001101111011100
1100101110001000000101011001100001
0110110101101111011100110010000001
1100100110010101110101011011100110
1001011100100010000000110000100100
0000110011101100001011011100110011
1011101010110010100101100001000000
1101101011011110110110001100101011
10001011101010110010100101110

Este livro foi composto com tipografia Electra LT Std
e impresso em papel Off-White 70 g/m² na Paulinelli